奔蜂志

李進文

自序
————

玩　心

十三世紀波斯詩人魯米（Rumi 1207 － 1273）說：「任何你每天持之以恆在做的事情，都可以為你打開一扇通向精神深處，通向自由的門。」

近十年，我的新詩創作另一主軸是希望完成「自由體」三部曲。最初構想，有點類似惠特曼《草葉集》內容包羅萬象，詩百科似的，釋放體例，模糊邊界，不馴於詩歌規則，如同麒麟——「其為形也不類」，卻自成生態系統，從臺灣土地的生活向外折射，交響我的人間。這三部，包括已出版第一部《微意思》（寶瓶文化 2015）及第二部《野想到》（木馬文化 2020），第三部就是《奔蜂志》了，即便像一隻小土蜂（奔蜂）才能有限，盡了力，就是我對詩的虔誠心意。

自由體，「體」不是指體裁和文體，體是宇宙的星體。想像四十六億年前，太陽系和地球由無數「微粒子」凝聚而產生，其後，地球又經由無數的「微行星」撞擊、聚合，終至成型。無數的微行星撞擊——是促使地球誕生的源起，這三部作品中的每一則都是「微行星」，它們相互碰撞，有的聚合，有的再生，有的殞落，生命於焉肇始，這是三部曲創作的初心，原型的發生。

第一部《微意思》偏重形式與內涵的自由，即興彈奏，類散文詩，題材繽紛，語字輕盈，意象華麗，亦含組曲式的極光（或吉光片羽），強調詩的「有意思」比「有意義」更有趣。第二部《野想到》進一步加入「故事詩」，重心擺在「有故事」的觀點、諷喻與微言深意。第三部《奔蜂志》，我嘗試「跨域」，一部分結合我的繪畫，讓自由體開放對話，開闊象徵，擴充詩，更欲使語字與圖像或拮抗或敦睦，甚至共舞，將不同的形式、觀念、感情融為一個複雜的綜合體，說不定會再激盪出另一個小宇宙；日本國寶級「狂言師」野村萬齋強調藝術必須：「著眼於時代而時時保有玩心……。」狂言講求實力與技藝至上，因此詩人白萩也說，「藝術之所以能偉大的呈現在我們眼裡，正是由於技巧的偉大。」然而──當我們到了有些年紀，若想繼續探索美好的事物，保有「玩心」最是要緊，它會令生命保持靈動。

　　我探索著種種可能：──該如何顛覆語言的規則？該如何讓詩具有魅力和個性並解除固定方法？該如何從容地走在險峻的深淵邊界？該如何安頓陌生與穎奇而不著斧痕？該如何布局大意象和小細節？該如何雜糅日常另闢新異？該如何反思進化？我邊寫邊提問，這三部曲是種種懷疑的過程，不是終點。

美 術 詩

　關於繪畫，自知青澀，我畫畫是為了詩。以我的「詩想」繪出我一個人的意味或意思，沒遠大計畫，不急於追求屬於自己的符徵。《奔蜂志》是我第一次在自己的詩集加入自己的畫作，希望視覺與詩互涉，又可單獨存在，對詩跨域，一部分因著玩心、一部分為了放寬詩。

　詩與畫，有共通的藝術美學，本該相互砥礪。1950 年代趙無極和具有神祕主義的詩人亨利‧米修就一起出版過詩畫合集。現代詩與繪畫始終緊密關聯，以詩詮畫或以畫作詩，兩相撞擊、提升、詰辯和再生。加西亞‧羅卡《從橄欖樹，我離開：羅卡的十二首詩‧畫》由墨西哥超現實畫家賈布里耶‧帕切科所繪；拉封登《寓言詩》則成為法國插圖藝術家多雷（Gustave Doré）的幻想舞台。

　1970 年代，臺灣重要的現代詩社如《創世紀》、《現代詩》和《藍星》，與「五月畫會」、「東方畫會」和「現代版畫會」交流密切。它們在詩與畫的技藝美學，有齊心追索的理念。

　直到 1980 年代，尤其在 1987 年解嚴後，以結社交誼的方式較少了，但詩人與畫家仍然有合作，例如劉國松版畫

與余光中的新詩結合，李錫奇的《浮生十帖》與創世紀詩人們的詩句相互詮釋，楚戈的油彩畫展《是偶然也是必然》則與他自己、管管、商禽、鄭愁予的詩作對話。

臺灣許多詩人的詩集，也採用畫家的畫作，例如洛夫名作《石室之死亡》封面為莊喆所繪，周夢蝶《還魂草》封面是席德進油畫作品〈周夢蝶畫像〉，侘寂安謐，頗似黃土水的雕塑《釋迦出山》。《創世紀》詩刊的封面更結合過丁雄泉、朱沉冬、洪根深等畫家作品，《藍星》詩刊封面亦使用楊英風、劉國松、朱德群等畫作。

如今繪畫與詩，分別走向更多元、更自我個性的方向。我試著回到詩畫同源的概念，兩者互為養分，分則獨立、合則互動，亦即採取若即若離的方式，以免陷入「圖說」，讓詩與畫皆保有自己的小宇宙。這概念，源自於十年前我曾與高雄美術館有一次大型展覽合作。

那時高美館計畫推出嶄新型態，回顧臺灣美術與現代詩壇之間的跨界淵源，由我以高美館 30 件典藏作品為素材進行一系列的新詩創作，與民眾分享美術與文學跨界的結合。

這促使我認真思考詩（文學）與繪畫的關係。我將那次合作的詩，稱作「美術詩」。

詩與美術結合的「美術詩」不單單以詩去詮釋美術作品、也不是附庸或服務於美術品，我的概念是詩與美術平行，同位階對話，展覽時呈現一種「即時互動」的關係。欣賞一件美術品就是再造一首詩，欣賞一首詩也會再生另一幅畫，沒有一件美術品是不隱含詩質的。

雖然 2021 年三月之後我才開始有規律地動手畫畫，即便僅是起步，但裡頭有我對詩的敬意、對美術的詩意。我對自己說，「至少我嘗試了！」而「嘗試（一試再試）」，不就是詩的基本「實驗精神」？

繪畫和詩一樣，有時漫無目標，在漫無目標的過程中，累積失敗的經驗夠多，就會有不錯的作品出現。總是這樣，畫家追尋生命中的節奏與符號，詩人開發獨有的音色和語言生態。但最重要的是，透過繪畫或寫詩的「儀式」，不斷地練習再練習，最終——為了找到自己。

奔 蜂

　　《奔蜂志》中的詩與視覺，我以篇幅最大的第一卷來實現，共選 51 幅彩畫與詩結合。這個「第一次」的嘗試勇氣，或許日後能讓我敢於繼續探索新詩、精進繪畫吧？另外兩卷則糅合更多真實和想像，在「自由體」之中。希望讓三部曲抵達《奔蜂志》有一個活潑又多元的小句點。我常想，詩不能自以為有意義或創意，而是要與他人、與社會、與土地聯結，至少與自己的「心意」相聯結，方成意義或創意。

　　「奔蜂志」，取自《莊子‧庚桑楚》：「奔蜂不能化藿蠋，越雞不能伏鵠卵」，奔蜂，小蜂也。意即細腰小土蜂的才能有限或不足（如我）不能孵化大青蟲，而體型小的越雞也不能伏在天鵝卵上使其孵化，但我想像，奔蜂和越雞一定也有自己的「志氣」和「志記」吧！人小心大又何妨？困難做到的夢，才是值得尊敬的夢，試著改變現狀，不循熟知的路線，即便迷路亦無悔。自由體的語字迅疾如小蜂，不停滯、不固著，亦不守規矩地飛舞，而其精短刺人，恰似蜂針！

　　《奔蜂志》全書概分三卷，共 181 首詩。卷一〔有意圖〕，其下三個小系列：「謀畫詩」、「流露樣」和「動靜色」，

圖文交響，跨域創作，以壯詩觀。卷二〔搗語聲〕，暗喻「島嶼聲」、「禱語聲」或「搗雨聲」，涉事亦涉世，調動視角，睹微知著，幽默自適。卷三〔瞇日子〕，直面人生的憂疑，回應中年的叩問，綠化字語的荒漠，且自尋常市聲開墾另類異音。

新詩自由體三部曲，從《微意思》、《野想到》抵達《奔蜂志》，時間拉得很長，我如同島嶼上的奔蜂，體小、微不足道，但對詩亦有鴻鵠之志（許是巨大的敬畏）。生活是我一個人的史詩，我用三部曲去體現平凡平淡中的多元詩藝，寫出島嶼的詩，是為志！

特別感謝聯合報副刊和作家宇文正這些年以不定期的小專欄刊載，讓我有了規律的動機去書寫和繪畫。並感謝國家文藝基金會對《奔蜂志》的創作補助。

卷一

有意圖

| 謀畫詩 |

卷二

搗語聲

卷三

睇日子

卷一

有 意 圖

形

狀

很多東西
沒綁好，例如：
雨絲沒綁好天意，
月光沒綁好深井，
細脖子沒綁好樹，
鞋帶沒綁好一條死路，因此
人間發生各種事故。

很多東西的形狀不固定，
會變形、隱形，
會消磨、鏽蝕、幻滅，所以
難綁，
永恆沒辦法綁他們，
（永恆這種東西又太固定
成不了氣候。）

你怎麼會因為你不成形狀
而憂傷呢？
一粒沙
和一個世界，
據說死後形狀一模一樣，
一樣難綁，因為
終究虛無。

你怎麼會以為你必須活成別人

眼中的形狀才能抵抗歲月？

你怎麼會用你的形狀

解釋你的存在？

你怎麼會相信有色的眼睛？

今天夕陽的形狀

是野獸。

昨天野獸的形狀

是你的哀愁。

明天或未來一切的形狀

擠過頻寬

回到光。

你是穗狀的，穗狀的柔荑；而你的香氣、
你的眉梢降半旗，敬悼撕心裂肺的日曆。
時鐘咬走一天一月又一年，老天未打疫
苗第一劑，自知到了危險的年紀。久未
受理人類案件，抱歉你的祈禱只能婉拒。
牽掛遠距，你是無限花序。

你是纖形的，纖形的雨滴；而你的瞬息、
你的詩句吹毀籓籬，你一念之間居家可
以天涯，你一念之間從臥室跨到海角，
你一念之間廚具幻作熱鬧街衢。牽掛遠
距，你是六月躁鬱。

午後陣雨，猛敲腦門，時光如稀客蒞
至……。你靜靜地反身落鎖，心之方寸，
口罩圍城之地。

夏夜之豬

風是非法的：偷渡
入窗，涼涼地動搖我幾兩肉、
幾斤心情。
我探出窗，
以物價一般攀升的頸子
眺望天意——

多汁的夏夜，
豌豆星系活躍，緻密，
靈性老老地吹來，
窗簾一下又一下地掀開房間，
啊我聞到松露
就埋在蟲洞旁星爆區
（宇宙也像人一樣碰撞，
相互吞噬？）

而眼前
寂靜在樹枝搖曳，
而眼前
雜食的月亮
乾淨得像剛洗完澡的豬。

卷一・有意圖──謀畫詩

當 我 討 論 夢 … …

夢不喜歡我。我抓緊它，它會痛；我放開它，
它心累不想動。

我不喜歡夢。它有春天的線條，用來綁架我；
它用色彩吹出泡泡，要我看破。

如果，夢還留在意識固著之前、靈魂形成之
初──最小位元的那個夢……如果它沒有成為
我的一部分，那麼它只要做好自己就會發光，
甚至絢爛。

再回想一下：夢還沒弄髒、還沒膨脹、還沒成
為我的一部分之前的那個夢；之前的那個夢還
沒像家貓一樣被餵食、還沒奢望不平凡、還沒
以塵土捏造我……

我不喜歡夢，夢不喜歡我。──認清這點，夢
才有機會自我實現，我才能不再自我欺騙；讓
捏造我的塵土歸塵土，夢歸夢。

魅

我心入夜，蟲鳴瀝瀝。

想用靈魂跟植物結親，想給礦物起一個雌性又好聽的拉
丁學名，想戳破輕薄如紙的月光，想把星象釘在胸懷，
想你或許又不怎麼想。

脈搏一鎚又一鎚，敲打入味，敲打深邃，敲打敲打，我
心震震，電激雷奔。

藍與黑，空有鐵肺，滿天下盡皆低調，唯你飆高一聲雪
亮的游絲。

此刻，爵士樂如你，你沉醉我；

我醉後獨自修復你的魅、孤身捉摸你的野焰。

霍然你靜音，卻充滿怒放。

我心不能阻攔你的曲線輕盈，果香，金黃。

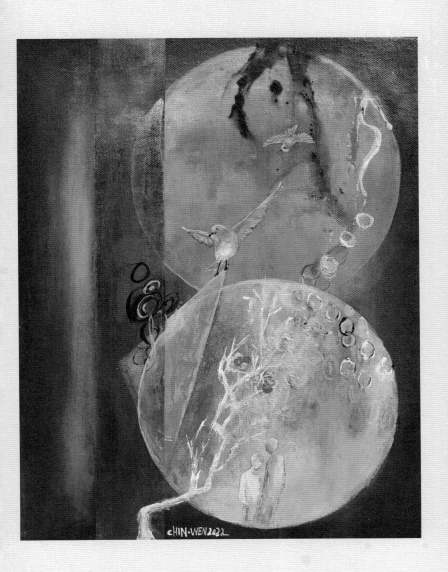

卷一‧有意圖──謀 畫 詩

窗邊，一隻狐狸
捧讀海涅詩集。
晚風吹送，
秋香色窗簾好像九條尾巴晃動。

一隻狐狸沉醉的形狀
像火，也像劍。
孟德爾頌的旋律，歌的翅膀
撫拍牠……牠望向夜空：
月亮是銀狐，
北斗七星是黑狐。

捧讀海涅詩集的
一隻狐狸，
依據的文法
是戀人的臉頰（狡猾的淚，
摸索長夜。）

牠向屋外走去，「立在
月光下，
宛如一根柱子。」這是海涅的句子。
一隻狐狸的感情
只是很老還未成精。

那隻貓有一個夢

那隻貓
真晴朗
除了一小片時光烏青

那隻貓竄過客廳
以手術刀的角度

那隻貓煞住
因為風
迎面擲來一小片壞話

或者跳上書架
縮小一個提問
或者趴在閣樓
形成渦狀星系

那隻貓跟人間相處
獨來獨往

牠有一個夢
荒涼的紅

牠有一個夢
在白色的畫框中

刺蝟：「維持社交距離，我們早就這樣做了。」

蒲公英：「因為刺，對吧！」

刺蝟：「因為心。——心靠太近會彼此刺傷。」

蒲公英：「我們不社交，有風吹草動我們就直接遠行。」

刺蝟：「你們寂寞嗎？」

蒲公英：「你們，不寂寞嗎？」

刺蝟：「還好耶，沒刺的那一面可以跟喜歡的人擁抱。」

蒲公英：「我們不擁抱，但會在遠處祝福彼此。」

刺蝟：「這樣不算寂寞了。」

蒲公英：「你們縮成一團好可愛！」

刺蝟：「如果沒有刺卻縮成一團肉你還會說可愛？」

蒲公英：「可愛是帶刺的。」

刺蝟：「聽說你們常被視為不可愛的雜草。」

蒲公英：「對，但我們其實是野菜和草藥，甚至可以釀酒。」

刺蝟：「果然不能隨便聽信別人說的話。」

蒲公英：「你們害羞內向？」

刺蝟：「你們逆天放浪？」

蒲公英：「聽說你們壽命不長。」

刺蝟：「聽說你們隨緣生長。」

蒲公英：「我們還要繼續抐咧？」

刺蝟：「人生那麼長不都花在練痟話。」

入冬後，趁著放晴，我在叢林空地大量曬夢。

鋪展開的一個個夢，都是我蒐集來卻暫時消化不了的。

黴味與酸味於陽光下蒸騰，那氣味是添加在夢裡的人工佐料所致。

這些夢，有的太腥（夢是素的呀），有的太惡質、太不切實，甚至太鬼了。

有的夢太害羞而縮在被我遺忘的角落，也有的混雜了各種生物特徵，像我一樣自大洪水時期以來就是個異類。

我放下夢，四處走走，看著自己的影子，黑白不再分明了。

轉頭又看著我的稚兒，他尚未褪去花白的條紋，像小斑馬似的，那是神賦予的偽裝，以免被獅豹或鱷魚發現。

「孩子，你現在吃的都是我精選的、最純美的夢，長大後得靠你自己了。」我心想：「現代的夢有太多雜質與變質，對健康不好，曬過，醃起來，荒年夠我們度日。」我踅回曬夢的林地。

哇，這些小小的夢，竟然分裂為八十億個！他們相互排擠、爭吵、劃界……「再鬧啊，再鬧我就把你們吃了！」夢瞬間全部安靜。我心軟地餵他們一小滴淚，他們卻膨脹成全世界。

豪
豬

我的髮膚埋伏箭鏃，
預備好讓你挑釁。
我的脊骨駐紮軍營，
等待你來襲擊。

到昨天為止，我
謹守分寸，無論在人際
或國際。

我曾試圖，找到彼此
既容忍又合作，
既不刺傷又可取暖的
──恰恰好的距離。

到昨天為止，我小心
與你保持一種
豪豬與豪豬之間的距離。

別再靠近了，禮貌
是重要的，尤其是齧齒類。
我的身體是邊界，
你的欲望是地雷。

我們曾共有親密的字母，
共有優美的發音，而你
不愛理解也不想聽。

若我背對著你就表示
你是敵方，而我勢必迎上，
以生命中最尖銳的東西
對你微笑。

卷一・有意圖——謀畫詩

海豹

你回頭，像修士一樣挺胸，看向我這裡。
今天你有神，眼光融雪。

你回頭，像豎琴一樣挺胸，看向我這裡。
鬍鬚是否感應到風險？

哺乳期太短，愛太少，
媽媽離開你的時候有沒有回頭看你？
（而獵人正在看你呢！）

浮冰可以吻你哪裡？心口好嗎？
你槍聲似地拍掌，便是答案。

你潛入大海，閉氣，為了生活，
腳蹼推進，流線滑過虎鯨、滑過寂靜。

你最近怎樣？「憂鬱的企鵝媽媽
一上岸就問過我了！……就，漸漸適應
用肥肚肚散步在世道的凹凸不平。」

樹懶的 方法

下午懶懶篩落的
銀髮灰光點，重新
整理隊伍。
但是樹
懶，沒有任何搖曳；
行走慢，
心跳慢，
消化時間慢，
慢吞吞的樹懶。
「走快點兒吧！」
「走……什麼？」
牠聽力不好，
不是故意聽不到，
反正世間的雜音都糟糕。

牠說「走動

不如保持心動。」

視力也不好，

「看不清楚誰該存在

或不存在。」牠說，

好好活著——

憑嗅覺讀空氣，

憑觸覺找食物，

憑吊掛，

學習另一種看世界的方法。

夜，請進

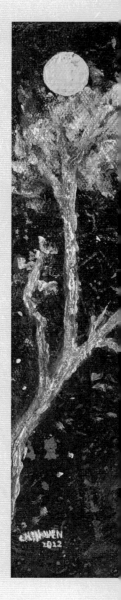

為了做研究，貓頭鷹不睡。初春時節，牠轉頭270度，像手機螢幕全景拍攝一切新事物。

（時間比貓頭鷹更像夜行性猛禽，安靜，迅速地掠食許多生命。）

自從貓頭鷹在白天反覆撞到樹木，牠就知曉，一切光不代表希望，反而令牠目盲。

（像貓頭鷹一樣，我們夜晚活動，白天以更好的姿態為自己的處境保持緘默。）

夜間微弱的光線下，一切新事物忽然明亮；夜間闃寂的宇宙中，一切新事物在貓頭鷹的聽覺舞蹈，在諸神多情且疲倦的時刻——

牠思索，牠只臣服於雅典娜的理智，甘心成為一名信使。牠以童話形象飛進這世界，研究一切新事物。

翅膀是為了弄明白夜色，嘴喙是用來打開空間，爪子則用於梳理羽毛以及探索本心。

初春時節，雨著，雨著光線、雨著魅，貓頭鷹有理由不睡，以一對黑眼圈，致敬全部的夜。

窗前——雪松太平鳥

你不知道五月是詩的特許，
像中了大樂透的梅雨。

你不知道什麼人來了又走，
腳步聲，紙一樣薄。

你不知道世界口中的傳言
時髦又危險。

你不知道前線，不知道
木星在雙魚的變遷。

那些，都在遠端，
近處只有窗前的鳥與鍵盤。

CHIN-WEN 2022

057

卷一・有意圖──謀畫詩

一隻鳥鎖定心間

這裡有昨天、有去年。沉默是針，寂靜是棉——它們交際，無聲。

松風像護士，為殘枝苔痕上藥。黃昏溜了手的一隻孤鳥，像滑掉的香皂。

這裡是心之間，空氣甜得要死，像貓可以死九次。

薄水綠、淺青藍的樹上，檸檬黃的啾囀，像一種福音。

待會兒天黑了大家一起磨利月亮，把影子與地上霜剁分開，讓一輛淑女車輕踩而來。

孵
月
亮

每個人都曾經被月光撈起，又放生，只是你不知道而已。

‧

等著被月亮寫出來的詩，在稿紙外大排長龍。

‧

鯨魚之所以躍出海面，只為了對月色輕嘆一口氣；以腹部重摔，則為了打醒海。

‧

失業的海豚們在遠洋一上一下幫月亮打零工。

‧

海是在兇什麼？月光搖搖頭將船開走。

‧

在海面彈鋼琴的月光穿著一襲禮服坐在一則船殤。

‧

站在陽臺對月光說的話，都會泛黃吧。

‧

身體被月光浸透，浮腫成你不認識的故鄉。

‧

月色跌倒的時候，像一個荷包蛋（母親總是先夾給我）。

‧

我和月亮的距離，大約一隻貓的噴嚏。

‧

世界上最寂寞的信，月光寫的，它的筆是一個獄卒，郵票是一方墓碑。

‧

請善待月光，它是沙鷗走失的特殊小孩──長翼蹼足，能游，更能飛，隨潮隨緣地生長，食小鮮，偶亦食腐，心有一半黑暗。

．

咬緊牙關的月亮，面色鐵青，它正在孵著什麼？誰被困在它投資的蛋黃區？

．

運輸月光的馬達壞了，你才會聽到類似萬戶搗衣聲。

．

月亮沒變瘦，脂肪駐紮在敵人看不見的山腰。

．

月亮背著我們吸薄荷菸，暗地裡我們感到雲的冷情。

．

沙丁魚風暴激起月光的鬥志，對抗一隻鯊甚至一座海。

．

部分月光像魔鬼一樣會從嘴裡鑽進去，所以部分月光總是避開食道前的十字架。

．

月光原本有天使的翅膀，後來發現沒有翅膀直接墮落下去，更快抵達人間。

．

月光駛過心臟，動脈似的鐵軌顫搖小草。

．

月光比死亡長，比思念短。──以上是時間騙空間的鬼話。

風箏

如果風箏跟天空有爭執，都是因為太搖擺，風
讓風箏把持不住。

如果我跟風箏拔河，每當我把感情放鬆，它就
失去平衡。

我跟風箏，誰先放手，誰就擁有天空。

如果在失重的外太空跟風箏拔河呢？根據牛頓
第三運動定律，我們會因為反作用力相撞而受
傷。

其實風箏沒那麼在意是否抓緊我，每次斷線的
時候，恰恰該是彼此放手的時候。

放手的時候，不知道為什麼，童年突然愣在草
坡上驚慌，長大後才知道那是成長。

叢 林 時 光

那是被我遺忘的地方，
自由的空氣中
一間暗房，正在忍耐。

一間暗房，
它的心，瘋長叢林；
它的靜，填滿飛禽；
它的門鈴，設於大熊星座──
看得到卻按不著。

一間暗房，正在注視：
人類的彈道拉長，天空縮短。

一間暗房，
正在忍耐生活離它遠去。
它與逝水通靈，
它與平行時空交耳。
它的門楣，
高懸一頂橄欖綠的鋼盔。

卷一・有意圖——流 露 樣

秋天

很多事情，都有涼意，
很多答案變黃。
九月，總有一些風要吹，
總有一些葉要墜。
很多時刻，虛胖，
像圓月一樣。
很多年紀，撞凹軀體。
很多浮雲的質感
像口罩，
口罩疏遠了問候，
很多話語變瘦。
很想學一把傘，翻身
盛接秋光的明朗。

遠 方

窗口獨酌遠方，
是日將晚。
一陣風追求一陣風，極其心細，
終究還是散了。
一小片涼意定居腦海，
一個傻笑像毛球滾到貓爪邊。
寂靜碩大，
風鈴聲如日本紙纖薄，堅韌。
窗口斟酌遠方，
為時已晚。

窗 與 天 涯

五十幾個時光，像松鼠跳過窗；瘦的風、遠的風景，跟著跳過窗。
窗不玩命，是被玩的命。老了的夢，撞到窗框，在房間喊痛，夢
醒多年了還滲血。窗替一整個房間想太多，皆舊物。窗旁一株植
物，繖形花屬、精神科。
四十幾歲以後，加了窗簾，厚且灰。
三十幾歲以後，窗開始沉默寡言；一片窗玻璃慢吞吞地碎掉，像
某一種心事。
早前十七八歲時的窗，悲傷，曾愛過一隻貓，貓也跳過窗。
窗的左手右手交叉抱著自己的肩胛，這麼近的自己竟是天涯。

歧　　路

1. 我是一隻狐狸

我挺身於山尖，野心舒服。我俯瞰大地，世路多歧，每一個前途都是肉做的，看起來好吃。每一條光明的末路，都有兔子，更好吃的樣子。我的心一跳一跳，也像兔子。「我應該放出哪一個語詞，去追兔子？」牠一下入洞，一下出洞。兔子啊只是一個過程。每當我望著洞出神，就會變得比兔子更眼紅、比愛麗絲更夢幻。

2. 我是一隻兔子

遠遠的，我對狐狸大喊：「咬我啊！」、「追我啊！」

我氣狐狸老是譏諷我們：「兔子的兔子，兔子再生兔子……像發情的數列。」但，這是誤解。我們只是用「一隻兔子接著一隻兔子」的方式，在世間的歧路蹦走，物競天擇之下，我們得以量取勝，不彷徨、不選擇任何一條路，而是每一條路都會派成員去蹦走，不怕犯錯或失誤，「只要蹦走得夠多夠遠，就會抵達幸福。」儘管過程傷亡慘重，畢竟想吃我們的不是只有狐狸。

3. 狐狸與兔子洞

狐狸並非那麼想吃兔子，「兔子總是想多了。」狐狸挺身於山尖，就只是喜歡遠遠地望著兔子洞，紛繁、迷離且未知的思緒像兔子洞一般沒有盡頭。胡蘿蔔色的天邊，一輪夕日朝狐狸扔答案，牠就接住陰影。狐狸文風未動，腦海躍出一個又一個語詞——非豚非鯨，實乃非心之心！晚風像一個靈魂動搖另一個靈魂，「唉，我們都被童話困住！」每當狐狸這樣想，就會變成人。

車過天涯

下午很深，心很淺，車過天涯。
天涯那邊幾點？愛剩幾分？你
仍過得比獨自一人更少數？慢
悠悠的日子，時針和分針挽著
秋季，金色思緒。蝴蝶般的簡
訊，風中來去，一款命總結於
情分二字。車過天涯，初心彌
壯，與夢長談；一路上，草木
好聽，花絮好看，煙塵是一襲
挺拔的藍衫。

現象與觀念

閒置經年的畫布，
之前刮刀經過，轉個彎
就是古道。
古道上，大樹握住細雨，
年輪滿懷雲和泥。

那時沒有一種顏色聽我說話。
沒有一點、一線，沒有
勇敢的一面
構成我。

像什麼
或不像什麼，都不是自己。

自己的舞步：速度、頓挫
或刮痕──每當我
旋轉，
宇宙就是一枚無限符號；
潛意識的香氣，恍兮
惚兮，其中有物。

顏色多一畫就是攻擊，
減一刀即太平。

那時畫不出來的日子，
在現象
與觀念之間。
被冰塊撞疼的剛性搖酒杯，
被秋風所破的亮點，
被窗釋放的格線，其中
有真。我想
身為顏色除非
彼此棄守才會選擇抹黑。

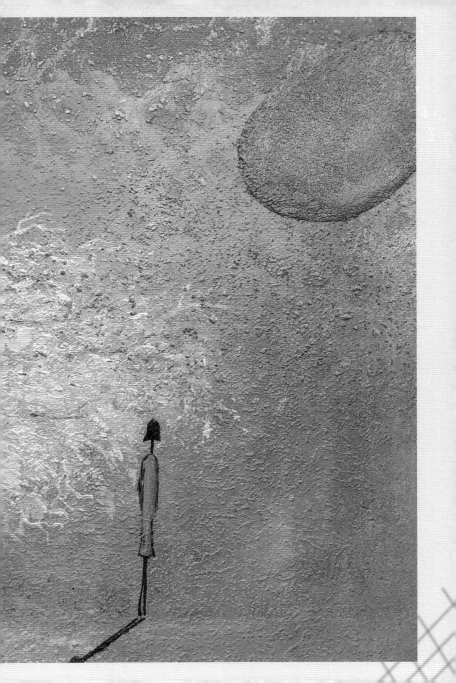

弄孤獨

晚霞請進來歇歇，
涉世的山腳
也請移駕心內，
蟲鳴鳥噪請尊重這夜，
謝謝！
秋天撒了一個
天大的
靜。
萬一
花咬你，因你久未綻放；
光笑你，因你冷場。
這夜
風薄涼，情荒野，
偶而沒有明天似地賞月。
潑天的
星，是否幸福？
舊的孤獨，
笑死江湖。

卷一・有意圖——流露樣

一陣上古的風，像志氣，隱隱發皇而且、而且緩緩的一
隻虎踩著一陣上古的風，散步去過年。

一股腦兒飆出一大群蝙蝠，莫札特的十指。一道逝去的
時間，女高音。

一隻虎而且、而且一隻虎獨步，在樂譜。一陣周禮的
風，在祝福。

一座管風琴的樹林，草原四聲部。卜辭小徑而且小擔
心，然而勿被恐懼所嚇，有主，為你按聖讚。

一肩胛繡著甲骨符號的夕陽，自天空推門而出，遇見一
隻虎而且、而且一隻虎是一則慢慢的悔辭。

鳥或者臉譜

1
一隻鳥可能不是一隻，
是一枝一簇
一山一湖
一天。——再鳥也不想
活在人類的單位。
一隻鳥，
可能不是鳥
是一顆心，
一顆心下墜……
下墜的東西都會被誤以為
原本會飛，尤其是鳥。
鳥
飛的時候丟棄量詞，以及
被賦予的鳥樣子。

2

鳥的卵，或叫

蛋——口語，適用於新詩

與料理，以及上班族。

圓圓的蛋，窩進職業，被孵，

時間孵它、空間孵它，

為了美麗新世界的誕生。

終於破殼而出，啊圓圓

圓圓的小丑臉，

臉展開一雙耳翅，向上飛，

飛，拋開一切，

卻又墜落輪迴。

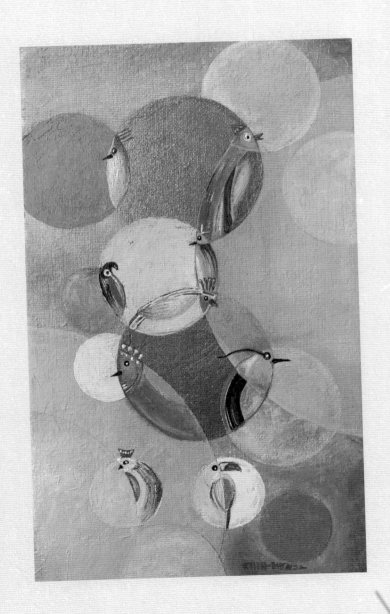

分　內　的　事

陽光自己心焦、
月光自己抱抱、
地球忍受誰比誰糟糕——
但都跟鳥
無關。
牠已經無法忍受
這麼多情緒。

這麼多偽裝，
犁過天空的飛機飛彈
偽裝成飛鳥；
火光
偽裝成陽光月光。
牠已經
無法忍受。

做分內的事吧，
啄野果、食蟲、獵魚，
或提供前線情報，
心疼靈魂的逃難。
牠只負責飛，偶爾俯瞰
人間到底怎麼回事？
牠不知道。

飛，飛就好，
鳥就這樣簡簡單單
歷經百萬年。
唯一的休閒──整理羽毛，
清潔是非。

輕煙的

年

從前從前，炊煙像個孩子把天空當成一面風箏。長大後，在世界的邊陲，第一個安家落戶的，是炊煙。它的職業，裊裊地負責聯繫天堂，日日操煩，因為太多遠途跋涉而來的禱告。它有時活得像蛛絲馬跡，內在維持靈魂白、曠野灰，即便與現實打得火熱仍會保留一絲冷靜。

它看似柔弱，其實堅強，即便壞天氣，雨箭也只能經過炊煙，無法攻擊它。

每戶人家養育出種種炊煙，它們都是獨立個體，如果交集，因為風的緣故。

它做自己，忠於輕澹，看開聚散，唯一會讓它失控的是當別人一直叫它要樂觀向上。它是叔本華的信徒，但只追隨了一個傍晚就滿足。炊煙走後，人間還原虛空。

居　所

宇宙跟我一起下班。我脫下世界，公里
甘休；宇宙脫下奧祕，光年鬆手，時間
偕空間上樓歇憩。

我還不累，手拿一杯台啤，在胸膛爬梯，
取書，與居所一起朗讀，讀出宇宙一些
心內的暗物質。

臨夜，靈感跟我保持一片彩霞的距離，
微風好聽，風鈴相應。

奔波的夢，忽然破窗而入，摔斷兩句，
銀河充斥碎琉璃。

後來我在朗讀聲中出入蟲洞，鏟除內容，
清理目錄，居所居然抬頭笑了。

卷一・有意圖──流露樣

許是重聽，鐵皮屋老是對著雨滴大聲說話。

它隨年紀而骨瘦皮薄，自尊也鏽了；然而心境日漸溫潤，因為日漸明白肉身短暫。

臨時的幸福，像違章建築，即報即拆除。日漸相信，在不幸之中也能安住。人間的一切居所，皆是地球轉瞬的過客，何況鐵皮屋這般羸弱。

過去的日子受熱，或冷風刺透，如今已斑剝。

鏽的感覺，也是老的感覺，緩緩地，慢慢地擴大，形成影像或地圖，記錄那些年走過的風霜雨露。

曾經鐵皮屋裡有人安身立命，有人創造經濟，有人因此富，有人持續窮，鐵皮屋無法裹住全部的命運——但它會自尋出路。

夏夜裡，廢棄的鐵皮屋內有螢火蟲，如此熠燿、這般飄忽，生命之可惜不在短暫，而在不盡力發光。

和風

念

念

來一陣檸檬黃，玉子黃，來一陣亮麗黃，
來，來遞給和風一隻鳥，兩隻鳥，靈數
的三，四處的花……等你來畫畫。
遠景置於言外，百款糖果放在心內；
你依舊是我多方面的日本藍，多情的
蜂蜜綠，警報紅，寧馨的莫蘭迪灰。
一堵牆在人生那邊，默默條理紫藤、
思考江戶，對宿命不再攻擊，只維繫。
窗卸下扶窗的你，和服就掛在歲末。

我走進園子裡

讓我把樹收回來，恢復身材

讓我把花收回來，逢人笑開

讓我把露珠收回來，恢復眼力

讓我把風霜收回來，恢復單身

讓我把青春小鳥收回來，恢復手寫信

讓我把蕈，把蕨薇收回來，恢復真感情

讓我把野獸，把精靈收回來，恢復創作

園子裡，沒有明確的路

路被前途收回去，恢復光明

園子裡愈收愈乾淨，愈收

愈乾淨，恢復一場空

神啊趁亞當和夏娃再次亂入園子之前

幫我收心

漾

秋風漾漾吹細光，晴天映手足，跟自己跳舞，
發現自己的態度：勞駕時間載走「是與否」、
「對與錯」，留下空白。——空白異常冷靜，
明明只有人能夠這樣無情。

卷一・有意圖——流露樣

為了 詩

我向宇宙借一本詩集，
有些陳年的鉛字
脫落，像隕石。

我讀詩。
晚風亂葉
快篩一片月，滿地
虎斑貓臉。
鉛字脫落處
殘篇當作莎弗，
翻頁，銀河折斷的感覺。

我讀詩，
背倚括號，像陷入沙發。
或倒掛
在鏽蝕的對話框。
或趴著擦拭
暗物質。或後空翻
跳過斷句。
我實在
沒個讀詩人的姿態，
近乎滾動式，
像防疫話術。

我還給宇宙一本詩集，
補充微塵
與科學，
在破口劃紅線，
在頁碼標明心內的黑數。

稀
微

想不起來哪一年的九月。將今生前世的九月統統翻出來吧！從相簿、雨隙、吻、線香、髮間，或從恨與愛之間⋯⋯從任何親疏遠近，從肉桂、松露、柚子皮、龍膽草之類的氣味去追蹤⋯⋯終於所有的九月堆成山，比思念更楓紅的山，「這就是全部的九月嗎？」那一年你說了一句「九月好美」，之後再也沒有進入十月。

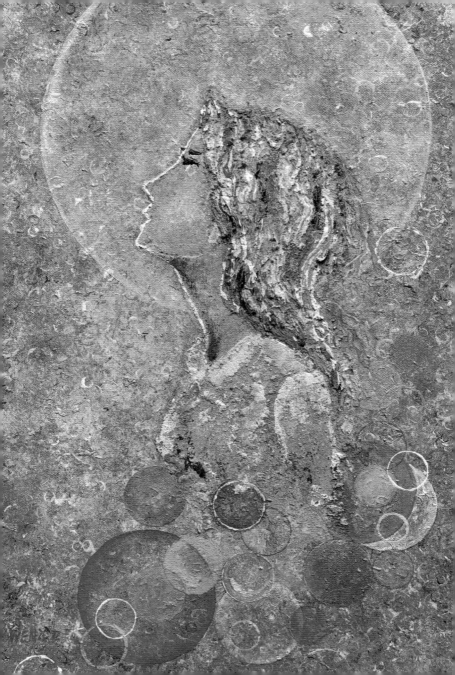

世界的眼睛

我住在世界的眼睛背面，
透過視窗，觀察
入微。卻懶得看穿誰。
有時候累，
我仰泳腦海，
或蜷於思想，高度發呆，
或引燃危險的念頭，
冒出輕煙。

從黃昏到黎明前，
夜的黑，
隱含十億個小世界。
眼睛骨碌碌地去採集感情，
幽光，葷的資訊，
然後回來調配，給我活用。
那些，
其實都是與我無關的東西，
我只想靜靜地
住在世界的眼睛背面——

我是貓，打個哈欠，
懶得解釋一切。

盛夏

那年夏天
綠都用尖叫的。
想法是甜的，頭髮是黑的。

開始寫詩，
才知道
荒涼不夠用了。

校園外，
一九八零年代。
抗議布條比天空略寬。

藝文社團外，
穿過天空的那列火車，
不是應該穿過山洞才對嗎？

擴散的雲，以及青春。
向日葵鋸著太陽，
罌粟搖著風。

我沒有變成一隻鳥，
就畢業了。
究竟怎麼一回事？

今年夏天，
我打瞌睡的反射動作
像剃刀失手。

還在寫詩？
時光敲敲頭蓋骨，
鍵盤的指腹微凸。

卷一・有意圖————動 靜 色

斟酌

一些詞

銅鏽和黃昏誰比較世故？
鳶尾花和希臘誰的藍比較神經質？

新詩和浴室誰比較愛乾淨？
城堡和葉慈誰比較低迴？

煉金術和外科手術哪一種會先見血？
超現實和風車誰比較像一朵受傷的雛菊？

黎明和墓碑哪一方代表再生？
火車和憂傷的計量單位都可以稱作一列？

捷運和思念誰比較快？
藻菌和雨聲誰比較老？

問號源自於古埃及還是貓尾巴？
每當我懷疑就去陽臺問問笑而不答的花。

龜山
島

畫一幅龜山島，以牛奶海調色，學蘭陽溪的線條，刮出雲邊，微疼，微金。

從媽祖到觀音，人舊了，物事老了。昔日之窗，看來心碎，碎玻璃咬住殘景，放不下鄉情。——有人寫龜山島，譬如黃春明，說蘭陽的孩子從車窗望著島，分不清心中的哀愁是誰的。

無人島的故事難寫啊，我捨棄語字，試著畫，畫一幅龜山島，再捨棄畫刀、刮刀和調色刀，以禿枝般的十指塗抹，畫布也分不清心中濃淡的哀愁是誰的？沒有什麼比解釋哀愁更哀愁的。我其實最想畫遷村和火砲射擊，它們不在龜山八景。

彩霞收工

彩霞收工，暫停一切服務。

貴族歸貴族，窮歸窮，土歸土，今天到此為止，心
莫憂止。

萬籟靜靜恢復我，恢復生命中一小片農閒，清秋潤
心細無聲，編織浮雲成人形；

為無上念頭作功課，隨黃道觀星，數花信，釀香水
海，在每一天；

沒有什麼優過今天，過去的每一天給過愛，也給過
災害。

跟彩霞一起收工，餘光餵給哀鳳，留影；

今天到此為止，心莫憂止。

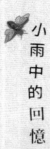小雨中的回憶

蝴蝶拋過來的曲線，甜絲絲，落點
落在某一年，某一顆心
以西班牙舞步開花。
花影掃描我，
我柳葉魚般的條碼，嗶一聲，三十年。
每當小雨飄過那些年，
A 面和 B 面好久不見。

花

心

「朝顏，一朵深淵色。」～與謝蕪村

窗口與風景聊著花，聽起來像剛出爐
的悄悄話。花在意被議論，更在意不
被議論；花相邀怒放，凋謝則需要獨
自處理。

花說：「悲傷比悲哀好一些吧，悲傷是由衷的感受，悲哀經常不知道自己悲哀。」

如果，花突然說她快樂，即暗示她將飄落，飄落在自己選擇的剛剛好的時刻。

花又說：「何必擔心時間會傷害你？如果你已經不再拘泥形體。……悲傷，就是綻放。」

正
向

有時幸福不在，
又隨風而來。
有時覺得空白，
是你忘了空白寬容一切色彩。
每當你在夢中發呆，
就會釀成愛。
歲月不重來，
除了年年我們春暖花開。

容　器

自　述

我練土，繼而
挖空體質、體統和體面，
挖空脊骨，挖空心思，
塑形和素燒；我在
胎體抹上三道靜，七層孤傲，
釉燒，為了成為有用的東西。
我經常以平民價九十九元新台幣
現身菜市場；偶爾貴為聖器。

我來自於礦脈，疼痛滲入
而成靜物。
已經等待夠久了，
我毫無動作，也是一種藝術。
或人斟我以酒，不說為什麼，
說了就醉，醉了容易破碎。
一瞬破碎，
我才發出瓷杯又陶器的語彙。

卷一·有意圖──動 靜 色

靜
物

偶爾也會進入靜物狀態，生命有
芽，培養在心中，春天來了或許長
出花朵。

偶爾杯中若有光，頻探看，卻見
倒影輕晃，某些故事唯有淨水清
茶聽懂。

人形即容器，所有的渴望，都是
容器破了才會流出來。

卷一・有意圖——動 靜 色

沉
　思

一行空白，低頭，想著小火般的詞彙。
一束蓼藍或靛青，綻放小品，附帶龍膽的靜。
插在瓶中的稿子，武士的坐姿。
內在世界，利休灰、檸檬黃，它們對話，有一搭沒一搭
像水滴，滴，不滴，滴……我們明明在乾柴與烈火之間，
卻整個被濡溼。——我說的是詩。
詩流動，水性，多色澤；
詩是顏彩的融和，反射，曲解，精心製造的意外事件。

卷一・有意圖——動 靜 色

給點顏色

雄雄的帝王黃前來鎮壓之際，我著急綠，綠啊綠向天，
一副鐵杉的樣子，鐵了心。

把靈魂都擠出來作材料吧，以秉性、以觀想，對浮世畫
畫。於是就有了一個人的飛白。

我折凹一條筆直的光年，用來構造象徵，以石英砂細密
鋪陳抒情。

顏色間，有意外受孕的眼睛、有懷鬼胎的人心果，即便
微弱，但我善於融合，譬如雨水與初夏融合，譬如暈染
國與國的邊境以達平和，往後再色，亦不逾越範疇。

靜
靜
的

開墾一座花園在聽覺，養一枚月亮和一顆太陽駐
守雙耳垂，監督雜音。

唇語是蝶，心跳乃蜂，在聽覺的花園裡幫忙授粉；
若有風，授粉儀式就隨風高興，但一切要靜。

靜靜的花園，靜靜的聽覺。這時慢跑而來的肥水
咂舌，覺得悲秋是甜的。

瓶花與貓

貓肚子一環土星，是冰，是塵。感覺
冷的時候，用宇宙大的虛空來蓋牠，
用大寂靜的水質餵牠，牠好睏，睏在
瓶花旁。

貓拖著長長的夢，抵達陌生的一個年代、
一座城市，牠看見百千億菌類在街頭慶
生，牠聽到無數的針與針孔談論地球。

貓在千噸重之夜轉醒，望向獵戶座，
那裡是星際移民署的辦公室，裡頭沒
有一個人，燈卻亮著。

卷一・有意圖───動 靜 色

語聲

搗

卷二

疫
病
時
期

紗簾請抓住樓窗不要讓它往外
跳，也不要跟它談月亮，以免想
起此刻黑暗；晚來斜風滑手機，
假訊息。只有你是真的，你要一
個人很好很好的。

酒精摩拳擦掌時，春風打算尋遍
新芽吵架。口罩內飛出去又跌回
來的一番話，清明的錦葵花。

不要跟我談四月，我在窗邊觀察
一片隔離在外的空曠，不交際的
葉影下，一隻貓，穗狀心臟。

懷

人

悼念別人給別人看，就像
正義變作表態、之後再支
持其他表態者，然後心滿
意足。寧靜淡薄是形容櫻
桃的，不適合說他。他的
流逝，疲憊不堪。原本他
只是疲憊，沒有不堪。

練功

野貓跳過一道題型太難的牆，牆頭碎酒瓶倒插，茅屋擒拿一縷輕風：「你往哪裡逃！」一招一招化作水銀，掌風爆熱。屋外陶甕和甕中浮萍靜靜練功，身心燙，如詩。寫詩和過招已難繁麗，強說自己極簡，這說法又太奢侈。陽光炙愛，心頭肉焦，趕往師父閉關的禪房，欲叩問，沿路頻頻有花說煩、有草說倦。

病者思慮如刃

仲夏盤踞，草木懨懨，煩惱要輕輕的唒。
飛鳥的行動如支付，浮雲飄過凍結的帳戶。
月月日日，能這樣歎息算走運，因為還在呼吸。
雜與碎，充滿我，沒時間就沒憂鬱。
歲歲年年，能這樣徒勞算走運，屯墾一畦長短
句，放任蔓生蠮螉菊。

傳

達

自從有了偏見，蝴蝶讀到什麼都美麗。

．

沒有什麼比火車在微雨中悠悠靜止更加心緒喧囂的。

．

樹和樹彼此怎麼稱呼呢？它們打手勢但不交談，只是默默把樹葉這種疲倦的器官卸下，讓行人枯黃。

．

連微風都不可信，蟬說什麼好呢？高亢宣揚了一個夏天，有說等於沒說。

．

紅綠燈自以為搞笑藝人似地故意壞掉，停在十字路口的人車是演員和道具，唯我沒戲。

．

每天我向牧草報到，牛馬爭相把我做給秋冬專案經理，創造山一樣的業績。

比下午三點還多的慵懶，比夕陽將沉還涼的想法。
此刻是任何一天的貓尾巴，一點點光搖著無辜的
靜。輕風使用了雨點，好美好疲倦。好玩的幾條皺
紋像老虎跑來，也許是美德。

墓誌銘

來到一個地方，離開一個地方，
之間是流雲擦掉的地方。
最後我們不說話的樣子，
如同回到世界的最初，
都是岩與塵。
活過一次，比沒愛過一次失禮。

說
幽靈

幽靈走了一半，飄逸的走法。請
好好走，皆碎石路，來世的聲音
粗枝大葉，不若前生窸窸窣窣。
幽靈散發一身被膜拜的果香、花
香則深不可測。幽靈或許真是
好心？它走了一半沒留下半個
腳印，不給人跟蹤或跟隨──因
為，人之一生多少帶著狼狽。

我
們

我們反覆提到孤寂之夜，卻忽視
了眾星閃爍其詞也算關懷。
我們其實想擁護各自的暗，因為
沒有誰可以一起成為月光。
我們的幸運是彼此不需要解釋，
沒有什麼比解釋愛更不懂愛。

往事盎然

你的光明轉身與黑暗撞上，彗星替你著火。你
心性潺潺流露，以金斧修改寥落。詩像星星一
樣自己不知為何閃爍，人像花火一樣不知為何
向上。天天鍛鍊，孤獨銅亮，每次舉重，世界
壓下來的磅數。年少飲詩常醉，醉中誤揍文質。
往事盎然，血痕斑斑。植物與超人之間如此廣
闊，為了留給凡俗去跌跌撞撞。

橄 欖

在市場買了橄欖。體型小巧，漬過甘草，老闆的推薦聲多汁，果然清爽不膩，像秋天。含著、嚼著的同時，我寫著瓷杯啜響的小詩。

橄欖在口中教導舌，關於翻攪、力道，以及回應唾沫的說法。有時纏綿、有時攀越紅脣，抵達另一個祕室。碰到頂撞回來的沉默，味蕾也會陷入長考。

橄欖脫剩一個核，兩端尖尖，剛硬性格；再度教導舌，某種軟性——愛不是溫柔而是懂得。它是木樨科，常綠喬木，枝葉常被指定為大地復甦的道具，這很無趣，不如讓橄欖在口中成為訊息，時而接獲安達魯西亞的敵意、時而回傳一場日光一番裸體。

夜
跑

世界只是一個鏡頭，對誰都直
播到底。往事慢跑，與冥王星
逆行等速。汗水的流速則慢於
月色。舊時代帶走真英雄，留
下才華洋溢的平庸。

一個作家

睡了的花貓突然伸展得像一個長假，在靠窗的地方，時光端來加糖的秋風一陣一陣，端給短袖喝、端給長髮喝、端給玉兔喝。今晚月亮病了，索求仙藥。但我只有烤肉、可樂及台啤。就在剛剛為了詩的原型，斧頭鑿著禮拜四，妳會不會跟月桂葉一起飄墜我身邊？在作品與月亮之間，意象不是靈藥，是斧頭。九月輕巧彈過二十四根貓鬍，空氣踟躕，爵士涼涼。一個作家，跟萬籟一樣沉著，跟后羿一樣討厭一頭熱。

恐

懼

恐懼最適合用來掩飾一無是處。
神在線，也只能敲敲鍵盤安慰。
紅塵與清白搭建很多目標——
唉，滄桑的目標，比雨滴零落，
僅僅光陰自己覺得溫柔敦厚。神
真的只能敲敲鍵盤安慰，長一點
的句子，跟長一點的前程一樣迷
路。忽然，深層暗網，發亮的女
子按了一個鍵，神就被拉黑了。

綺色書

過了一輪中秋，城市發胖。巴士
換了一個姿勢靠站，所有人都跟
著斜了，包含夕陽。
她瘦瘦金金地上車了。肚臍環、
雪薄肉，荒野的肩，鼻翼沉靜，
細汗妙蘊，苗條的光陰緊繃小
腿，只是有點晃，尤其靠站。對
青春來說她的長髮很放鬆……她
突然甩髮，亮翅，從任何人的心
中飛出。

小 睡

舊事已過，路在另一端開朗。動身前往。
讓春天與橘子碰面吧、讓風路過桑葚時一
陣心跳吧。夜騎著星星遠去，去改變自以
為嚮往的東西。口罩的後面會不會也住著
滿月呢？光一直在那裡，若覺得黑，世界
只是想要小睡。

網路時代

巧遇孔子

我參加一本寫商周史的新書發表會。
三千年前的事，年輕學者們說得輕快，
甲骨文、卜吉凶，那麼順便卜一下疫病
後的人間好嗎？他們的興致脆而亮，彷
彿劍鋏彈鉢，鉢裡的水，甜洌洌地隨青
銅輕顫。
他們說毛公鼎只是字比較多，不是意義
比較重。在投影片中，他們對新發掘的
古墓釋放荷爾蒙，用了比毛公鼎更有架
勢的堅定，燒腦解字，考古催情。
發表會在一幢儒家樣式的木屋進行。
會中比較特別的是讀者，其中某位我一
眼就認出他——「哇，您是孔子對吧？」
他沒否認，捋一下長髯。孔子比其他人
提早入座，他老人家坐在第一排，身高

一米九有吧，他擋住後面的人，只好曲肱而枕，劍鞘不小心勾到一旁少女的裙，「對不住！」一副克己復禮。

有讀者打瞌睡，猛地醒來，歉然說剛剛去夢周公，孔子訝異：「年紀輕輕就能夢見周公，了得！昔時周公制定禮樂是天縱英才啊。」夢見周公這事兒讓孔子由衷羨慕。

會後，孔子提出商周禮樂問題，強調《論語》的未來必須修訂，以符合臺灣或世界……但大家已經起坐排隊簽書了。這時代無數的新書，舊書往往沒有機會修訂了。孔子掏出子貢給他的盤繞青銅刀幣，也買了一本，他讀後想必會有一堆意見 email 給作者和出版社。

夜打掃

　　九月緩緩來、慢慢告別，漸漸言不及義地黃了葉。
月亮都說它有一些想法，但也僅僅秋風有行動——
它把我吹熄。我再度爐火起來，用隱私燒。

　　存在很擠，為了騰出空間，冷靜地把一個禮拜日和
兩顆雞蛋從冰箱取出，被煎的雞蛋同時接受晚禱。
不純的思想用純水拖過一遍，打開電扇吹乾水漬，
沒有活過來的感覺，卻流許多汗。心事髒了的那
些，丟進洗衣機。失敗的那些，沖洗兩遍，失敗是
成為人的一部分啊。把我晾起來，秋風吹啊吹。

心動

很突然，五百隻蘇丹赤羚大規模遷徙，
渡河，穿越客廳。牠們有橙紅的背脊，
柔白的腹部和四肢，腿上黑紋真有力。
牠們奔跑！玻璃杯、書架、瓷盤、木桌
在震動，靈魂也在震動。每年入秋，我
都需要形成一片草原，等著赤羚經過。
靜看牠們的煙塵和我的日子愈遠愈淡，
早晚心涼，但是丘壑倔強。

死了的故事

天候潮溼時喝馬格利酒配蔥餅，心煩時吃炸醬麵喝啤酒，而且偏要一個人看電影頻道。下雨天整部片子的隱喻繞著安娜・卡列妮娜。一直往好結局去想就會碰上悲劇。沉悶橋段用手機快速滑幾首小詩，詩中忽然飛出小蟑螂，順便 Google 牠——牠本名「德國小蠊」（就蟑螂嘛），德國人卻稱牠「俄羅斯蟑螂」（國與國有世仇咩）。果不其然，電影的結局女主角被撞死了，所以不要隨便想著幸福。本來可以活兩百天的小蠊撞上拖鞋死了。下雨天，月亮死了，平時它只是沾別人的光而活著。托爾斯泰死了，他自己發光。

葉子一知道過幾天就立秋，急忙寫了一
篇雨、又插畫一隻冒雨磨利雙叉的獨角
仙，寄給許多愁。

．

傘撐開雨，發出廣大的笑聲。馬路上灰
色的人們扛著禮拜一或厚黑的八月，或
匆匆行色遭雷壓碎，貌似文學。

．

打燈的計程車一路打著詠春拳過來，沒
頭沒腦的雨接了一掌又一掌，就死在檸
檬黃的速度中，經過的公車一路顛顛笑
著捧腹回家。

到了
某個時刻

到了某個時刻，不要有擔心。心中一朵初
始的白雲，飄浮，給自己舒服。無數的面
子跟你打照面，不要緊，都會相忘，面子
是我們最不要的臉。到了某個時刻，擔心
也許一直都在，譬如愛，那麼就跟自己耍
耍賴。

不要有什麼

紅酒總標榜著什麼——什麼年分、什麼滋味在嗅覺味覺視覺展現了什麼並以此作為品評論斷；然而我們只是清酒啊，清酒最重要的就是不要有什麼，入喉單純為了溫潤心肺。「有什麼不要」，能捨很難；「不要有什麼」，維持更難。

181

早前傍海

早前世界為了謀生而不是牟利，
無聞卻不經意地悠閒起來，認真
安排一番無所事事，陪雲朵運動、
陪輕風騎車遠去，開開心心弄翻
薑黃肉桂藏紅花的天空。窗子開
向螃蟹的故居，隨時可以看到老
人與海。是船就航向他方，是螺
聲就用力豐滿。

相隔離

仲夏最肥，意義式瘦，都是汗
顏；有沒有活得穠纖合度的？
回不來的人減掉出不去的人，
算出兩地高溫，你那邊幾度？
如果想不起來就不勉強，因為
你是人，不是回憶。
午後閃電，閃電總是還沒想好
就下雨。

濁光品

粗胚般的濁光充盈於紙質隙縫、於眼與
字之間走訪，親切祥靜，紙質深謀的內
部因筆觸或柔或霸或囁或議、又或冷硬
或曼暖，而有小細節與大魂魄交互挪演
心緒；

移近紙質的手澤，為探求因緣，筆力帥
然放曠，及至關鍵之處筆畫纖纖和美，
如貓；

和室桌上，濁光疊映撫子蒔繪，強弩之
末的濁光則躍入白紙，附麗紙面的光粒
在極微超弱時有一種楚楚悲涼、又像憨
態可掬的生物；

紙的斜對面，廊上橡梁楹柱以灰櫻色和
默想的羊羹茶，護衛室內一本紙、一個
人……外間闃寂，古池，撲通！青蛙躍
入，紙聲破。

某個夏天水果攤

荔枝將要淡出職場了，西瓜一片冷笑。木瓜黃
燦燦，飽含腹黑。酪梨偷偷變成巫婆，但內在
慈柔，核心堅毅。葡萄經常一臉粉不屑，釀甜
躁進，易遭口舌之災。果蠅早就吭過了你寫的
字句，遠在龍眼誕生的古老世紀。

人
物

響葉楊黃了，子彈綠了，日記般的泥土，
普希金下過雪。

.

因為神話留連不去所以羅蘭‧巴特今宵一
勺月光一匙絮語地餵食寒鴉，培養牠們為
麥田造句。

.

木心住在主觀的地方，每天有一些短句從
水鄉修修改改地浮起來：知識，美，留白，
誤讀等等。菱角型月亮長在樹梢，鬆鬆香
香的夏日田田蓮荷，蟲鳴清脆，許多反對。

確認了這些

就繼續生活

這膝蓋還可以、這齒牙還可以，這心地還行，確認了這些就繼續生活。

你在我心中、你在你自己的掌握中，你卸下十字項鍊，想做什麼就做什麼，無夢最大，確認了這些就繼續生活。

地球轉著，螻蟻努力逆行於地球之上，人間在屋外忙碌，雲朵好好把人間看輕，確認了這些就繼續生活。

貓叫社會，狗吠火車。計算出哀傷大於膽量。雨懶得跟屋頂吵，歲月疲於靜好。跟噗哧的一笑廝守、跟必要之惡確認，確認了這些就繼續生活。

老樣子，
　　給自己

老，不要像潭那麼深，要像湖，讓皺紋在清澈間蕩漾，寬容小舟，遐想遠山和身旁的蘆葦，欣賞倒影。

鳥飛過，叫好；雲來訪，喜相迎。年輕時是個體，老來未必要闔家歡。

面對新時代耳力變差，動身傾聽，是心意，即便沒有共鳴。

老了對溫度比較敏感，對世態比較蹣跚，不愛在鄰里與月亮之間串門子，往來對象最好是童心。

不往回看，偶爾看一下也好，看到可笑的、撇嘴的、揪心的，不必細說給誰，反正轉眼即忘；往日堆積的理想，因健忘而免去執行，也算清爽。

愈老愈要對生命有意見，常保疑問，並非針對人而是針對德性。

簡單，乾淨，是對歲月的禮數。走向戶外，是為了讓空氣抱一抱。常常對人間叫親愛的，也可以沉默無所謂。

夢

寫一點寫一點，葬禮似的緩慢。經常來窗前啄高
粱米的那隻斑鳩想得比我多、看得比玻璃透，因
為牠有一個可以討論生死的群組，成員有：珠頸
斑鳩、火斑鳩、灰斑鳩、山斑鳩、花斑鳩……。
雖然我不會飛，牠拉我進群組，我常在群組禱告，
因著斑鳩在聖經裡象徵應許、約定，但我沒講牠
也作為獻祭。

渴慕了好久上帝終於出現，爆熱，請進請進！遞
一杯檸檬水給祂，問祂：「我可以養大海嗎？既
然海是您造的……我喜歡海風的清涼。」祂沒回
答就被豔夏蒸散（或祂自己變不見的），留下汗
溼的白袍。

汗一條一條寫在肉身，我走出戶外，天將我放空。
我的女人正晾著上帝的白袍，我的小孩用摩西手
杖（款式像哆啦A夢的道具）拍打白袍上的灰塵，
動作葬禮似的緩慢。

浮

世

和和美美，這晚風，這你，——你在前庭掃月
光，暗影來了掃掉，又來，再掃掉。
窈窈窕窕，這屋斜躺於浮世，暗香帶出後院一
頭水牛、一隻臺灣犬、一整年。

鎖　國

以

後

鎖國以後，月亮繼續被隔離在地球之外，太陽、星星和親愛的妳繼續被隔離在更遠之外。我在家重讀經濟學，偶爾耳鳴，全是硬幣的回音，頭暈。

鎖國以後，錢愈來愈少，反正我節儉，除了揮霍時間。禮拜四宅著，我在窗前修理要死的雨絲，把天空旋鬆，一枚小天使般的螺絲忽然摔落心口，痛！在電視上看見總統背後的時鐘，滴答滴答我又耳鳴了。

鎖國以後，進不來出不去，除了病菌。在異國的妻子請不要再問我邊境何時開放，看看時鐘都幾點了？不好好睡，我們怎麼會有明天？

一 天

陽光今早高於心事半個頭，鳳凰
樹說陽光長好快，不久前還是愛
哭鬼，像雨。
職業在流雲與思緒之間發呆，滿
腦子土土，都是橄欖、角豆樹、
葡萄、鐘聲、羅卡和希美內思，
世間不可能是一本詩集。想著想
著，巴士轉入和平路、上高架、
跨新店溪，再不久我在晚景摁鈴
下車，走出句子，拐進黃昏。

詩樣子

如果還有一些詩，也到凌晨了。
雞嗓子被旭日斷句，狗吠人生，
雞犬相聞於字行間，很驢的早
安，說得笨而壯。如果還有一些
詩也是壞的，這樣好了我們去黎
明那裡訴苦、再到苦那裡升火熬
一鍋麥芽糖，等它像心一樣變冷
變硬、變理性；然而只要有心，
就還好、會軟的！慢慢嘗慢慢
甜，夕陽就是麥芽糖化開的。詩
學，到頭來也不過就是滋味。

撑

傷心也是靈感，當時獨力埋葬，
才發現靈感的體積遠遠小於傷
心。後來成為不值一提的事情。
如常生活，每當又一新日，愛看
花傘撐著早晨撐著午後雷聲遠遠
叫你撐著。

合掌村

有一種向上的感覺，幽微，深入
骨髓。傘四處撐開天際，山嵐謙
讓，枯枝意有所指──不都來到
這兒了嗎？（春風還不來接人是
怎樣啦。）冰霰一直掛保證，急
說，寒冷都是團結的，鐵定讓你
抖擻。雪也在靜靜努力了，歷經
普世、歷經避世，再歷經幾日，
雪就會敞開大規模視覺：夢土之
上，武士合掌。

兼 六 園

我記住的倒影，是天空逃避的
東西。

青苔抓緊石燈，一如時光不放
誰走；葉葉推薦雨，滴落，從
秒到世紀。

園子只是在那裡，在那裡，是
我們甘心帶自己來的；對日子
抱持款待的心，人生有時會自
己不好意思。

約略的心情，大概的細雨，細
雨飄著孃著，枝枒送往迎來。

攝氏三度會把我抓進去多深
呢？建議園子做點瘋狂的事，
它一時半刻弄出輕煙流年。

茶屋街

天氣不明不白，人時好時壞。
如果沒有安頓好人形，任憑毛
帽、風衣、手套和行李愈拖愈
遠，我們卻叫做旅行。

街景等等，屋內種種：棒茶的
形態在魔法占卜書的解釋是帶
來答案。九谷燒言重了遂讓一
尊虛心粉碎。金箔蛋糕吃起來
就是蛋糕，我們老是覺得奇特
的，因為我們老是平凡的。

厭倦了人的袒露，雨滴隱姓埋
名，名叫滴滴答答的，來了走
了。小心踩過水窪的木屐、磕
嗑磕被倒影咬定的加賀友禪：
藍、胭脂、草、黃土、五代紫，
微妙了四季鳥雀和花木。旅行
若似蠶食，腳蹤必有金澤。

金
澤
城

城門鐵黑地濁喘，鏽們要真野獸起來，蹄影鬱
鬱金金，那已是百年前的事情；武家已老，靜
如幽蘭。

古代怎會那麼空曠？齊整黃枯的領地，彷彿有
年老的長槍飛過，荒壁的砲孔沉思：我們的心
是否許久不再放置武器，不再爆發春季？

馳援的歷史偕同紅楠、冷杉、欅木、箭竹、長
尾栲、野生山茶而來，來救我們圍困於生涯，
唉，時光都是武打，這種天氣不用替身，難免
傷風。

仰望長空，彤雲壓低身段，竟與天對撞，弄壞
神祇可怎麼辦？

妙立寺

籤詩忍耐十方客，合十。寺前
花圃，猶似「卍」字手裡劍飛
來的瓢蟲傳達我來、我來了。
我已預約，到底寺裡有沒有忍
者可見？曩昔附近寺群各有理
由，它們包圍一切心和一切反
抗，此刻定靜，沒有血光、沒
有火器，歲月怎麼就像剛寫好
的春聯喊燙！

芭蕉山中座

每天雪（雪頑皮、雪嚴格）。我踏雪推敲柴門。芭蕉起坐，老神在在地搖曳回應。他以為我尋東山神社而迷路，遂指指一旁蜿蜒的山路通向更高處，高處可以一覽山中溫泉聚落。更遠的藍更沒壞意、更有一行欲飛的神思棲息在那裡。

及膝的小山靈，並肩的溼氣，在芭蕉山中座外玩耍。我說，「我來投稿。」俳句於懷中忐忑。他請我卸下深藍背包。

坐下坐下，無燈，圍爐，柴火微光對坐。「請指導我……」然而他說，「問自己、你認真問過了嗎？」雪於爐中煮開像在笑，跟松尾芭蕉很像，「而且不能指導，指導了俳句就毀滅了。你有你的餘味、我有我的殘缺。」

山中溫泉

冰霰想吵架但來了就氣消了。雪還沒
來，或許明天吧，春風更遠些，你呢你
多遠？

溫泉外四百年一棵樹，氤氳十點半的方
向，星星正精神呢！歷史冒汗百萬石，
沒有人被冷處理。暖暖的此刻，沒有外
界、沒有理由、沒有什麼要領悟，即是
修行。

想「做自己」的人，躺在榻榻米，忽焉
一笑即透過玻璃窗解釋了山峰如何安靜
（沒有什麼比解釋安靜更囂鬧的了）。
安靜的蜥蟀橋和急忙的鶴仙溪，明天將
面對難得糊塗的禮拜一。

鶴 仙
　　溪

於我十指纏繞的橋、於我胸
懷取捨的山勢……我沿溪聽
取環境、徵詢心意，從蟋蟀
橋、綾取橋到黑谷橋，過橋、
過橋，冬陽芳齡小小晃過水
中央。許多倒影更正想法：
世俗不看重你，不是你輕，
實乃世俗即逝水。

栢野大杉

苔痕上階，神上階上階⋯⋯依然活躍的八百萬神進階，
因著高深莫測的白霧更新程式。天梯啊其實我是進階進
階的風，專心得像一片金箔。

溫泉於石槽不斷冒出，天空彎身參詳：借一團溫溫的
煙，暖暖人們飄上來的祈禱。平生是荒郊，沒有天梯
但幸好神社有棧道，以免餘生滑一跤。漸暗漸寒，萬
葉集聚一小聲一小聲雪花，雪花上階上階，姿態孤絕，
孤絕也是綺麗的意思。

無限庵

時光拉開木門，武士讀書的
樣子，像鉛筆。
陰翳分明蹲踞於光源，一心
分享內容。內容有長長的鼻
子、象牙白的霧淞。回到戰
場以前，再一次傾聽爐火與
雪，討論文學。
庵內的歐巴桑以老練的日語
導覽冷空氣和你，而你默默
征服內容、重寫朋友和山勢。

偏

畫布上，顏色想要偏冷，卻偏心。生命之輕，想要偏重，卻偏廢。人愈活愈偏僻，對許久不見的遠方，久到偏差。

情

意

楊枝不灑淨水，灑雪，雪落無聲才是一種說服
情人的方式。雪花如來，自十方來，可以清涼
可以愛。善哉，鳥鳥活在，無所不在。

像粽葉一樣，你要小心一層一層慢慢地剝開我的
愛，以免燙傷。粽裡有餡：花生、蛋黃、小鮮肉，
陷我在你心裡。吃粽時留下幾粒最香最黏的糯米，
黏在郵票背面，寄一封雄黃的情箋給你。

簡
訊

有時我小小的責備如蜂鳥，針對花、
針對蜜，不針對你。寄給你的一則致
歉簡訊，其實是一隻螢火蟲，想念，
就會發光。後來我們是酒，我們實在
度日如年太久。

重
訓

核心肌群必須沉穩堅毅，這是正直的基
礎。反覆單調地練習深蹲，這是寫詩。
室外肉肉的層雲正熱身，雨絲突然多過
牛毛，雨絲和牛毛都是令人羨慕的瘦長
體型；室內多肉植物圓潤，沁著水珠，
水珠吊得吃力。
重訓憂鬱，很想壓垮什麼。有時為了衡
量輕如鴻毛的人生，我硬舉——那是我
全部的疑問，五十公斤重。

四月維夏

草木經營四方，情焉切切。其上疊
雲夢夢，萬念執彎，驂駟如舞，舞
彼天體。其下蔓藤女蘿左腳右腳攀
附俗世。

我獨走砥礪之上，鞋是有損，我將
解開天涯、我將悟於應該的方位。

閒暇是一種才華，靈魂是一種勞
動。日子不惡，與心好合；月光息
偃在牀，晚安了。

歎 詞

山風啊，我想要不必用力就無所不在、
我想要不予人遐思就能袒露、我想要
不引誰注意又不可或缺，像你一樣。
小草啊像我一樣默默生長著，該拿自
己怎麼辦？精靈啊像我一樣滿嘴都是
地錢的孢子，該拿自己怎麼辦？
菌啊，韌性的菌啊細寫一篇無關緊要
的安慰給我，給我小調般的舒慢，像
你一樣活著就是闊綽。

選 讀

一 座 山

風不甩誰也是一種天分；風的行為讓山
從腳底升起涼意。
鳥如字，飛著一番國風小雅的態勢。
獸在危岩樹立遼闊，在林相達觀，在穴
中猲猲舉例人類。
讀山，語氣詞如詩經，為了讓草木好
聽，聽一次是最後一次。
夜把一座山藏起來，不給別人發現，給
你良心發現。

藪鳥，小卷尾，灰喉山椒鳥，牠們
此起彼落地叫著許多名詞，專業，
急促，像醫者在急診室搶救古字體。
書帶蕨和五味子，都是做人的方式。
神木也長壽、也疑惑，如果沒有情
緒怎能活成現在這樣子？陽光好聲
好氣，把「再見」說得跟久別重逢
的「您好」一樣。

拉
拉
山

競選

照片

膚色比對了月色，曝光度恰好，表情介於江湖與嬰兒肥。該隱藏的恨意，要可愛地凸顯出來，這樣看起來會比較像辛苦的庶民。

「我跟大家一樣喔（其實不一樣）」，要釋放這種訊息；典範之外一定得透露平凡貼心，像鄰家男孩或女孩。

「哎呀真上相（自己低語給自己）」，值得付託的那種堂堂正正、四分之三臉龐構圖，這是禮數。

一道光一份憧憬打過來。「注意手勢」，要看得出是加油而不是握刀準備切腹。

銅
像

大花曼陀羅濃膩的香，搖響樓蘭
最後一天。愚人節的隔壁，老蔣
和刈草機。有風霜雨露切切吃銅，
有光陰憂憂吃鐵。一切金屬唯屠
刀會技術性魚肉人間，它的理由
和螳螂一樣，和太陽不同。

被戒嚴的人

一定有顏色，色中有鷹有鴿。一定有顏色，撥弄四季和政黨，夢傷亡。空氣肅肅，如警備總部。以掃射在肉身打字，以酷刑製成表格釘在枯樹。人如煙，行止色白，那人被帶走時隨手抓一冊墨子，禁錮中閱讀兼愛，備課民主。苦楝花開時節，鄉土狂喜，喧囂身子骨，他出獄，追尋他寧願生活在的世界，戲刀叢，利天下。

政黨

此處乃後宮。錦鯉和天鵝操練水軍，東邊青草
西邊樹影。百花舉旗，風是兵法。宮女在皇天
后土之間，心事催老。

此處乃後宮。深喉嚨之所，迴廊亭榭，流觴曲
水，有吟詩也作對，即時訊息秒傳，族群擷截
圖，處處讀空氣，空氣都是竊聽器。

飛簷挺著垂危的天空，寢宮外的雪蓮圈點自己
的乳房，書房裡的薰香纏繞功名，富貴負了宮
女，關於愛，關於恨，都不如柴火興旺。

子時梆聲吻香簾，心機流竄於宮闈。血統很重
要，一旦處於低臺階，露溼羅襪三更天。

此處乃後宮。要麼通靈要麼爭寵，四季透析權
和慾，月亮像嫡長子一樣險峻。

反抗

陌生人是幫我們處理政治的人，他
剛從動物園的猛禽區被指派過來，
正在調適如何切換獸性成人性。
陌生人睡前學習早年鉛印的地下雜
誌、學習服從與辨視臉孔，忍不住
哈欠。打開無聲壓縮型冷氣機，披
毛皮，滑個手機回應攻堅小隊群組
一個笑臉就要睡了，晚安你們風雨
的靜坐、晚安你們憤怒的石頭。
擲出去的石頭，不屑於落在規定
的地方，美麗的弧線不是直行的法
條，石頭的高度屬於自由的天空，
堅硬之心跟著星子踩蹄。我的手被
擲出去的石頭拉長再拉長，卻什麼
都要不到，除了虛空和最後一擊。

對　　　　話

心口有晨昏，晨與昏對話不是一天
兩天的事。用陽光、用雨霧、用夜
捏出語字，用黏土捏出語字，丟來
丟去！狗叼著部分記憶、部分遺忘，
鳥啣著部分戰爭、部分和平。晨與
昏，內容謝了又開，機鋒閃爍如電
如露，話尾繞過鬼屋，話頭禪迷走。
喉嚨有時被一座島鯁住，用力咳，
咳出一國之人，晨與昏也會反省，
譬如國與國，石頭與石頭，兩造對
話，只不過將凹凸念頭美化。對話
不能說透也不能說死，恐怖平衡建
立在模糊，像愛情也像政治。

致
隱 地

鴉雀無聲的書堆中，你坐那兒，寫字，校字，
身形比窗子矮，比靈性高。
逝水不一定要往哪兒，只是不愛跟漩渦兜兜轉
轉，轉而跟大海換個話題吧，談些洶湧華年。
網路天地外，紅塵有無中，心清楚，比字正腔
圓更清楚。哎時代，一個現象繁殖一個現象，
也不再追問了，就讓它們這樣。
在地平線兩端拔河，一端落日贏了卻沉入暗
裡，另端你輸了卻流一身痛快的汗。
你說「守住美好」，其實是想說「何必悲
傷」。晨光哈腰微酸，但舒暢；一場電影黑
暗，但有光；一杯咖啡微苦，但心甘。世事
這樣，就讓它們這樣。

加冰塊的夏夜、螢火蟲想出來的夏
夜，我們仰望空洞，似乎無神，似乎
無任何星系和暗物質，也無任何重力
在空洞加速殺出一條血路。一切，一
切大寂靜。大寂靜是距離地球三十億
光年的「巨型空洞」，天文名稱又叫
「超級空洞」，常被使用在形容某些
人類。

在 路 上

從天堂往地球逛去的路上，跟陌生的
神寒暄，安撫不堪使用的天使，躲開
蝙蝠般飛散的私訊，繞過罪孽深重的
隕石……走有香油錢的捷徑，睡有靈
的地方，我離家太久，胖得不像莊嚴
的黑暗，廢得不像要去投胎。

還
原

今夜微醉，我從你臉上拈掉一句晚安，
就擁有了唇。我從你身上卸下香氣，
就擁有了一尊琉璃。琉璃翻掌接你，
你本來流離。你從我身體擦掉一切你，
就擁有了自由的想像力。

臺 南

長得像親朋好友的時間，
愈牽愈遠，終至寡淡。
雨滴，來到貴寶地，
滴滴慢，慢得那麼古蹟。
菱角鳥偶爾現身，
像多年前穿過亭仔腳的高中生。

當時卡其制服於胸口緊繃，反扰。午後校園，膨脹的靜，天光雲影多麼亞森羅蘋。二戰後的紅磚樓，彈孔依稀，庭中之樹專注得像在考試，蓮霧果實對土地投下不確定的答案。

桃金孃的夕日，蟬聲高級地包紮中學。數學的心情不好，歷史的綱要頑固，三民主義對國父負責，我對國文負責。大把時間，我在棕櫚葉或樺樹皮上寫字，為了易於湮滅。

當時啊，索性騎單車到全美戲院，二輪比世界慢、比青春前進。電影一下午，親愛的十七八歲在暗中擔心人生再沒有什麼影音。所有的感情用事播映，中間也會突然燒焦幾段膠卷，但不影響劇情慢慢變老。

老 虎 日

街口的麵包店，剛出爐的香，很像鼓掌，人
們熱騰騰，時間晃悠悠。我緩緩擴散，平凡，
晴朗。光線比斑馬線粗心，過到路的那一邊、
那一邊楓香無關緊要地對我端詳，一個人比
一朵雲鬆軟。微風什麼事都不管，只尊敬自
己的慾望。

經過幾天
陽光

蒲團上坐著一場空，像深淵參悟一個洞。

從一場空恢復你，和檔案——倆皆豐腴，想必那些
年過得太複雜，遂執行了刪除。

按照紀律，操練靈感和手指，寫詩，想寫些什麼
給你。

經過幾天陽光想想，黑暗一直孕育在光裡，並非
光滅了才突然發生黑暗。

經過幾天大好人似的陽光想想，罪惡是因為善良
沒藏好而露出，你也像樹幹後面的松鼠尾巴露出。

民 生

社 區

歲月的航道，起降飛機，順順
地老去。帶狀公園，很多樹，
或正直或自私。某些外來的大
眾也開花、也凋萎，在富錦街。
偶遇散步的查拉圖斯特拉，上
了年紀，像舊公寓冒出的鐵
釘。巷弄間咖啡香掃射，路人
心頭多少都有洞。某些優雅、
某些光影，跟某些磚牆一樣，
老練，疲倦。狗臉的下午，住
家看淡店家的離家出走。某些
生活，價值緊繃，夕陽寬鬆。

床

床失眠，躺我旁邊。床聊天：「今晚的月亮好圓，像臀部。」呵呵那麼宇宙呢？「頸脖膚質差可擬。」再問床，那你長得怎樣？「長得無緣無故。」床單凹凸許多圖像——獅豹爪痕、狼蹤、口涎、櫻桃或蘑菇模樣、貝肉或豬籠狀、始祖鳥的死相等等，隱喻讓床睡不著。

我溫柔地將床翻身，發現藏在床下的一小片地球被壓扁壓平，已不像人間環境。

地球是多年的床伴，不是戀人⋯⋯也許它從沒被愛過。「生而為床，則屬於經常愛錯人的那種。」

艾莉絲・孟若

散步墓園，以新年的腳蹤，空氣透出善良的灰色。距離
一輩子之遙的戀人，薄紙情分。苦雨流放的鐘聲對你說，
相愛不如相守。

冬日深沉，小說從眼裡短篇又短篇地升火，光用徹夜的
血絲難以辨視孟若。遠方回覆你了，那字語在天堂與鄰
里之間走動，雲淡風輕。

生命因為克制，發現了新角度。親愛的人生，在可以殘
忍的地方收手，在可能絕望之處溫柔，讓大千世界過一
種小鎮生活。

徒 勞 頌

正在前往無聊，途經九大行星、空門、蓮花座、諸微塵，倏忽百千億徒勞。徒勞地跟釋迦、彌勒、藥師一起度長假。徒勞地賴給富翁一片浮雲。徒勞地替聖人投放網路廣告。徒勞地安排真理上家教班。徒勞地處理天堂委託的投訴電話。今天徒勞地做了這些，並且跟著老狗在基隆河濱步上彩虹橋，來來回回地徒勞。

卷二 · 搗語聲

卷三

瞇日子

火 光 每 小 時
不 斷 更 新

不哭，因為眼淚也困住；
不笑，因為靈魂也嗆到。
第十日再撞上煙硝，
火光每小時不斷更新。
血咬傷的霧
忽藍忽黃，瀰漫天空海洋與麥田。
遠方和遠方
他們和他們正在注視屍體，
而砲彈構思長句，
在近距離。

當心，當心亂飛的訊息
也是戰機，
在每座城市上空。
天氣預報：極寒、有雪、零下四度，
有時死亡隊伍拖長了雨；
衣物抱緊身體，身體抱緊武器
取暖，當北極強冷空氣來襲。

通訊問說還有什麼不可或缺？
「距離幸福有點遠，
請寄給我們一個終點。」

穿上槍聲的腳，
以死亡宣示生命。
抓緊天涯的手，
以殉難滋長幼苗。
囊括鐘聲的耳，
以拱形教堂承接殘骸。

地圖，苦難的筆錄。
再也受不了屬於誰的
土地，只想獨自成長。
寧願白天吃自己的苦，
夜晚安睡神的洞穴，
在水彩旁建築自己的童話，
在每個安靜的日常
聽母親說話，
聽孩子為了成長、聽落葉
為了分離而哭，
不哭，
眼淚無法冰釋嚴冬；
不笑，
為了六十萬平方公里的一句
誓言一個吻。

寫詩的方法

一瞬思想比一朵花提早綻放，
一個象徵比全部的語言先到，
一縷輕煙比一直單純更好，
一減一不等於零，也可以三。

一切詩，發生在固定之前、
例外之外，
經常給超平凡來個超展開。
一無永夜、一無永晝，
活得像流水。

每一個字跳水，
技術上越無聲越能成全。
每一個譬喻掀開頭蓋骨，
裡面是曠野，不是花園。
每一句是另一句的敵人，
但非陌生人。

任何理由
都不能牴觸你開發的系統，
生態的運作比生命的單挑
更重要，在詩的大宇宙。

別動不動就要求靈感給些什麼。
敏於蒐集風格，給野獸撕咬，
烈於訓練野獸，讓牠消化、
讓牠跑起來
也可以是一首法國情歌。

若是無端起霧，
先把地球停住，不要跟著轉。
奇裝異服或緊身衣，都要注意，
看得到的只是造型不是原型。

務必繞回來，
搬一把椅子好好跟標題討論，
陪在詞彙旁邊，一起
遠觀木星，讓自己充滿特殊氣體，
投資你心內的小行星，精煉稀土，
至少讓自己成為十七種元素。

改 善

靈雨既零，空間猶醉醉的樣子，感覺這麼靜。

忽聞枯山水般的大叔重覆嚷著「好多小蝌蚪」數次，聲波震得綠池還俗，鰻鯉魴鱧七上八下，魚麗于心，心是陷阱。

想放心，饒過自己一次就改善自己一次。

日子像形容詞，說起來早晚有些動搖、有些風涼；今於山中將蛺蝶寄還莊子，今於山中將深蹲列為地球任務。

自拍照

這張還可以，這張不行，刪掉！眨眼了，這張也不要，刪掉！

這張呢？放在群組給大家選。（簡單的問題，一起蹭熱；複雜的問題，已讀即可。）

這張好看嗎？下巴嘴唇眼睛鼻子膚質要再修嗎？（哎呀我得關掉喃喃自語的模式。）

這張留，這張不留。（我絕非愛美成癮。）

點入「最近刪除」的檔案區，重新繼續這張美或這張不美，留！刪！留！刪！從青絲到白髮，對付自己巨大而虛無的影像檔。沒完沒了的、不像我的我，占盡這輩子的容量。

因為強迫症，今天我從忘川彼岸溜回來，繼續從不像我的眾多美照裡挑選出合適的遺照。

夜 的 路 邊

夜的路邊。計程車，散文似的。有人搭上鋥黃的句子，目
的地肥沃嗎？

夜的路邊，問號挪動，如巴士。戛然信靠，生靈下車，赤
腳走路回家。

它們的導航並非慈航，對交通來說，重要的是路，不是道。

——輕煙圈了重點，在夜的路邊。

夜的路邊，無差別的彗星劃過每一個國家，都處是血跡、
受創的神蹟。

挪動或奔馳、信靠或行駛，皆需要土地，土地渴望的是種
子，不是種族。

山 水

我是一方山水，曾經住在繁華。而你堅信，山山水水可以鬆綁人生。你把晚景託付露營，你把遺憾委任溪澗，你把壯志交棒山谷。你對我立誓，你會幸福。

我是一方山水，你來我這兒就對了，粹選你的繁華，來我這兒放空。不，山山水水能幫你處理的只是放過，放過自己，但務需記住繁華。就像山與水偎靠彼此的臂彎，放過永恆，記住溫暖。

詩 與
麵 包

詩與麵包
是一樣的,
就像麵粉必經反覆地
揉、捶、擀、壓,
必須忍耐,
而且心有所愛。

水, 必須與食材協商,
比例精準, 就像
比喻, 要恰恰好。

糖或鹽,
被派去伏擊味蕾,
為革新
一首詩在舌尖
的風味。

發粉，是善於守候的，
不知道它靜置時
想起什麼句子？

所有的製作，
亦應是節奏。
麵包最重要的是溫暖，
詩也是，
而非添加了什麼。

其實是不一樣的，
麵包更勝於詩。
疫病時，
需要每天把自己過得
像剛出爐。

微塵 —— 讀楊牧

越嶔崎，入典籍，臨風悄立；
似狼雪白壯麗，似兔撲朔
迷離。啊竟是綠驃騎，姿態
很元氣。渴飲旋律，以提神
警戒；退至稀薄天界，以豐饒
以多疑的程式，巧妙帶入晚霞
與蜜香，達成內容。光影那時
飄過情人後頸，呈示美的性質。
深淵那時遽爾倒叩，如悶鍋，
又暗許訊號以氤氳穿行罅隙。
遂中止瀏覽，如游標定靜，
矍爍，理解是誰在老天傳說。
輕煙徐徐綁緊散漫的銀河系，
忽聞心中馬蹄，果然有力，
綠驃騎，沖天一外星飛行器。

六月

上帝置身事外太久了。祂再度視事，
給人缺氧的印象。

今晚月球將背面轉過來，
寧靜得夠久，有靈魂了吧？

拉幫結派的烏雲忽然揍我，我下雨，
雨聲像超市搶購。

街，像陰鷙的太監。
窗口拉上簾子，學口罩。
華廈有一對親密的垃圾袋，意外墜樓。

景氣有病，加上
遠處有普亭、近前有臺灣諸侯選舉，
又病菌們積極參與人種，為了變種。

古老的權力，肉眼難辨。
上帝再度視事，
對象包括 2022 年的世界盃足球賽事。

祂的一笑置之，你還會漠然以對？
雨一邊落，一邊思過。

家事如學識，
忌堆積。
或洗衣或拖地或改詩
為了爽淨。

或大暑或疫病，
此際
體內開始由陽轉陰，
顯示立秋不遠了。

或倒垃圾或貼文，
只是近黃昏。

健忘。想起來的東西
都充滿雷陣雨。
或流螢或蚊蠅
跟瞳仁裡的字一樣
亂飛。

有一種疲倦
不知不覺。
拿起規矩丈量我心
到雲朵的距離，
每一刻度以光年計。

烏魚來信，
以白雲寫茄萣，
心如白香餅。
對更好的人間，
舞龍是哪種綿延？
舞獅是哪種想念？
鞭炮豐富地講臺語，
那尾音，拍擊，
鑼鼓一樣的肯定句。
跟八家將保持距離
以免被驅降，
因為我們可能不知道自己
多年滄桑之後已變鬼怪。
神靈與陣頭出巡，
庄內繞境，

經過純真、世俗以及

十八年來我們的崎嶇……

金紙與沉香助火，

火是大數據，

精準投放真心與祝禱；

送神一切遼闊，

燒王船之後、灰燼之後，

祈願每天

微笑就是慶典。

潮浪歸予晨曦，

平安歸你，

天空踏火而過，順遂，絢麗。

PS：我家鄉——高雄市茄萣區白砂崙萬福宮王船祭典，時隔 18 年舉辦。今年（庚子）打造的王船全長 18.4 公尺、寬 4.4 公尺、高 5.1 公尺，木料為櫸木，是全臺第三大艘的王船。明天（2021/1/17）清晨六時許，將於海邊焚船送王，祈求消災解厄、風調雨順、國泰民安。萬福宮主祀五府千歲，1960 年第一次舉辦王船建醮，共辦過八次王船祭。

長成好看的宜蘭

從三貂嶺遠眺早前的蛤仔難，
已長成好看的宜蘭。那是頭圍，
那是二圍、三圍、湯圍、四圍——
圍內可見火槍樓、院埕與古井。
我，吳沙，曾在那裡開墾拓荒，
與天氣戰，與猛獸戰，與部落戰，
也曾害怕，也曾迷惘，而時光
一晃兩百多年。今日我回來，
好風慈祥得像一位草藥老醫生，
啊忽然想念父親和祖父了，
我曾跟他們學會些中藥的手藝，
對治過三十六社部落的天花。
今日我回來，因著不捨，
不捨交戰而亡的弟弟吳立，
不捨伴我吃苦的夫人梳娘，
不捨劬勞的鄉勇和墾民，
不捨噶瑪蘭族人的運命……
如今的宜蘭出落得這般好看，
我該要放下了。最後再看一眼，
從三貂嶺凝望，溪山純淨，
溫泉洗出一片明月心。

慢 悠 悠

慢悠悠走在林間小徑，
蟬與蟬的誤會愈來愈嗆，
像人一樣，失控放話。
寧馨最綠，
草色輕咬泉水的耳朵，
最可愛是什麼都沒說。

慢悠悠
陪伴幾個冷僻的字語散步，
讀一讀
那具顛倒夢想的肉身吧！
動詞，能斷金剛經？
形容詞是空，
鎮壓不住林間攀來蹦去的孫悟空。
惟懶雲與飛鳥解封，
惟樹如枯骨勁挺。

慢悠悠呵欠，是更深層的
隱喻。林間小徑，
葉葉草草亦有些勉勵，
根於地底割據，像人一樣，
像人一樣，蟬與蟬角力，
爭一口俗氣。

狗臉的歲月

如果生命不再可愛，
只好發呆。
人間
偏頭看我，
像看一個積雪深沉的下午。
深埋在瞳孔裡的黑，
適合疲倦，
不適合武斷是非。
每當時光變遷，
冷風一吹
狗尾草歪一邊，
它的蓓蕾以眾多小手承接
寂寞，
寂寞剛剛從天塌下來。

觀
點

從窗的觀點，秋天之上是鷹，
鷹之下，鑠石流金，多病。大
地是一本變種的山海經，朝人
們扔妖精。

從鷹的觀點，窗是秋天的，秋
天是你的，你的生命仍歡迎你。

從你的觀點，窗與鷹維持一顆
地球的防疫距離，幾乎安全地，
失去相愛的能力。

一 抹 說 法

頭頂開根號的一隻白鹿，計
算前途，是無限不循環小
數，牠且行且回顧，引導族
人來此。此處恰好小林一茶
打完坐，步出柴門，尿尿（打
哆嗦），忽然青蛙撲通，撞
凹俳句，凹處狀似圓周率。
一個人被自己減到少於一個
人，一個俗名被菌絲微分再
微分，一隻白鹿走在祖靈除
不盡的道路。在山上，白鹿
與一茶對視，瞬念如搗針，
深處，反覆，酸酸刺刺。

金 秋

靜寂或有旨趣。草木筆劃解題，
答案在風裡。溫吞吞的小徑——
人呢？全部的虛名都被統計，
關於不見的人跑哪兒去？慢騰
騰的小徑，忽見狗臉面向天空
視訊，緊接著每個人都上線，
透過帳號，或佛號。

想

聽心曲，攪動時光珍珠綠，透露了你，你出色的
樣子，冷僻。
秋風真有力，撞凹靜。窗櫺合十，猶疑，知命。

喜

回到這裡，從此不要想得遠，要活得近，近乎一
念，貼心。

掀開暖簾，紅塵和花語一起進門，遠綠和告白一
起進門，溫柔地，他們將自己交給自己，無明交
給露滴，就是喜！

回到這裡，金句還原成農耕石器，詩還原成家具，
紅泥小火爐吉吉利利；暖簾又動了動，是微風，
時機到了大家全懂。

星 球 紀 事

戰火要求去骨去皮，只吃血肉。

／

每一個戰場都會死掉很多問句，很多答案是炮灰。

／

每一年的和平，像心軟的麵包被爐中高溫圍困。

／

我對月亮生氣！它怎麼可以給敵人相等分量的鄉愁？

／

如果土地是用來聆聽上帝話語的地方，那麼這些從天
而降的炸彈是什麼話語？

形色

偶爾請天光雲影週末喝一杯，喝全部的夜，以壯形色。
偶爾請悲傷站好，為它整衣，以便漂漂亮亮地適應人生。

那是白雲嗎？不，那是長得像我的阿貓阿狗，
喵語吠言飆山谷，為虛空吵架。

那是山谷嗎？不，那是虎口；某一年的羞愧傳
來餘生之吼，利齒的小火。

那是冷風嗎？不，那是社會新聞；排排坐的病
灶，正熱切推播血色冠冕。而我們，我們是忍
冬的一串串黑漿果。

那是求生的刮痕？不，那是石頭和人頭組成的
行軍隊伍，綿密，無調性，無目的。

那是疑問句的飛沫擴散？不，那是全球景觀：
人與人遠距相互雕刻憂傷。或許那是時光，瀰
漫於結痂的地方。

那是什麼？天涯與心之間層層疊疊的那是什
麼？那是燕尾剪裁的一雙尖叫的瞳孔，掃射
九九峰。

山住在霧造的山寨，活得夜深人靜。直到曙色
從山頭潑向心頭，大面積的新詩甦醒，深淺遠
近。山推門而出，左腳溪流、右腳蟲鳴，越走
越輕。

因為雲端卸下一切存取，因為樹根褪淨人間骨
灰，因為岩石放下砸人的動機，因為野獸放生
人類，因為陽光和水重回元素，因為……所以，
山越走越輕。

山越走越輕，只有空氣沉重，以完整的風抱住
山，山問「為什麼？」空谷回音咬字不清地答
道「憑什麼！」。

穿

穿，這個動作，太快速就變成穿幫、穿透、穿越。

穿要慢慢穿，像春天穿過果園；

穿要細細穿，像母親的心穿過針尖。

穿上靈魂，靈魂穿上身體。身體穿上衣服，衣服穿上人間，人間穿上地球，地球穿上宇宙洪荒。

世態炎涼，若忽冷忽熱該怎麼穿？那就任其無，無即是有──有穿。

住在穿起來的東西裡面，比靈魂更裡面，你住在裡面。

花想讓你看見，你就看見。
若看不見，是心疲倦。
其實也不是看見花，是看見搖曳。
花叫你，你笑了花謝了。

一
個
人

一個人緩緩擴散，倒影無心隱藏。
堅硬的靜，每天敲碎自己；以渣，
補充孤僻。
傘，獨力撐住墮落天使。一個人，
跳舞直到雨絲垂老。
水質的一個人，有路燈陪著，積德。
而夜抹平凹凹凸凸的白日，夢一路
好走。

聖誕節可疑

那個弄丟飛天雪橇的老人真可疑，他駕駛月光，
揹一大袋東西（不像外送員），他偷偷從煙囪
拋下星星，武器，玩具；也在小孩的長襪放些
糖，平安，鬧心的鈴噹。

那個老人像深夜的城府一樣可疑，戴帽，戴防
疫口罩，露出的白鬍子有靈魂的樣子，紅衣服
有獻祭的味道。

那個老人所到之處——雪花馴鹿，極光放牧，天
使是靜音模式；而城市，長滿叨念的鐘聲。

那個老人躲在松樹與瑪利亞之間，藏不住胖，
他為了一首聖詩反覆練唱。然後他進到馬廄，
唱給一個初生嬰兒聽，又禱告，又俯身對小耳
朵低語，留下黃金，乳香，沒藥，五餅二魚，
一份考據。那個老人腳蹤盛開福音，是啥動機？

鐵鏽圓舞曲

感覺冷
的時候跟歲月一起僵在那裡
也好！
腦力的土石流慢下來
慢下來的心，孤獨，一些莽撞的
意象，慢下來；
慢下來的生活，
活著，
為了暗暗維護生命最後
一閃含光的念頭。
全部的夜
比鯊嗜血……感覺
冬日的雨，流利，不善分析。
只是冷，
冷的時候感覺我動一下，歲月也
動一下，沒有志向的
鐵打的身體。
我跟鐵鏽、我跟歲月
學會了慢慢剝蝕。
雨把破碎備妥，
線香拴住野獸──燈可曾明白
我的明白。

童 話 藍

藍有四十一種懶，讓它更淡，就更懶，懶得配合蒼天秀表演。藍
想得遠，遠到埃及藍之外，但不想活得古代。勿忘草，藍得放空，
適合你的小鎮。矢車菊藍，是不善於等待的物種，風象雙子座。
土耳其藍，在野個性。湖藍就是你一直想泳渡的童話了。

很難說，藍既不想依附佛身也不愛當花瓶，不靠畢卡索的普魯士
藍也不做海軍之色。藍只是慾望，源自金金貴貴那種懶。

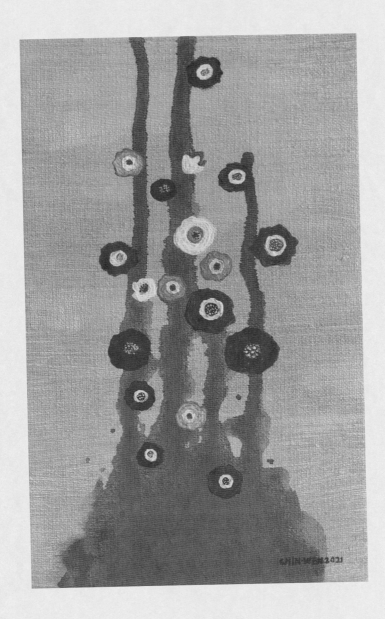

起 色

*

枯木一個破口，
被年紀啄的，
流溢顏色。
想要薄綠，
心偏秋菊。
水聲把你想得太亮，
難怪夜裡易醒。
*

畫一幢感染鬱金的古堡，
居隔人間。
自主
是一件健康的事，
顯示你也能偏安古代紫。
*

袈裟的木蘭色
與健美的小麥色
之間，
你土土的，噙淚含鹽的
一種混在人間的涅色。

*

銀鼠、茶鼠之後

才有利休鼠，它們

並非生物。鼠，灰色也。

鼠是打坐的灰，

是火之後的塵緣，

是八大山人的水墨。

再多擠一點鼠色就成魂魄。

*

萌蔥色在穀雨之後

關掉春天。

手機刷著長夏，

私訊萱草。

*

機靈的

山吹色

與青瓷交換姿色。繼而

色誘：

罪惡不是道德的反面，

道德的反面

是自以為道德。

*

除了美，

再無其他荒廢。

你在天上，

你在人間，

無形體，就對光陰無懼。

述說

天涯與門楣之間，沒有你可以擠過去的世界。

雨絲和雨絲之間反倒寬容，歲月擠過去，多輕易，虛胖
而已。

雁影在水面小憩，無思潮。湖藍、海軍藍、湛藍、午夜
藍……心無波瀾，卻很深，真正的深度是寫不出來的。

鼠色的陰冷咬過來，跟寂靜一樣利齒。

晚秋之風雨，像上了年紀的熟人來電一樣述說不停。

你跟你
心內的黑狗正趕往──
有點急，腳步的幅寬一個世紀，
天空也急，
雲穿運動衫，跑起來心軟，
每一個念頭卻像磚頭，
被移動過。

最好的自療是移動，
移動身體。所以你
跟你心內的黑狗正趕往──
突然
又非常懶，
嫌一個身體太多，
吐一句話像吐絲。
黑狗頸上的鈴噹響一下
就是冷笑一個。
對全部的夜，感到累。

懶，更要動，
你跟你心內的黑狗正趕往──
一如往常，跑！
誰說一定要有前方？
生命是瞬間的東西，
放慢，更具體。
黑狗要慢，憂愁要簡單。

漂亮的句子

影子是一個漂亮的句子被黑過，就一直黑，
怕曝光又不敢走暗巷，只好喬裝成詩的句
子，去夜店，去逛街，參加心靈法會。

影子撞牆不痛，心痛。牆是一排漂亮的句子
被騎過；貓跳上牆頭，被牆頭草碎碎念了
一句──漂亮的句子，就喵地一聲摔下來裝
詩，不是裝死。

靠牆勵志的梯子，是一行漂亮的格子，一階
一階走下來黑體字，爬上去的是雪青的人
子。

「毛月色的天空啊」是一個漂亮的句子，毛
月色，即天空的顏色──藍色，被臺北捷運
使用在屁股下面的椅子，我使用在窗子。

剛剛那隻貓跳到窗子，窗子將貓寫成一個漂
亮的句子，貓不會因為誰的句子而改變自己
想成為的樣子。

一個漂亮的句子夥同其他一個又一個並不知
道自己哪裡漂亮的句子（句句都穿軍用靴
子）團團圍住一個藏在大人心裡的孩子，要
他表演特技，不能只耍猴戲。

編 輯

把字句和器放在一起，他成編輯器，器者胸懷也，
為著曠野、為著純情。
把年歲和葉放在一起，他校對了葉，為著搖曳、
為著血肉漢子一樣的風景。
把才華和雪放在一起，他排版雪，為著春天的品
質、為著才華慢慢融化。
把靈魂和溪放在一起，他送印一條溪，為著寧靜、
為著靈魂借月光閱讀水芹。

後 腦 杓

我坐你的機車，你機車起來風景或不
風景，我都看到你的後腦杓，我的心
比你的路還不平。我巴了你的後腦杓，
你就海岸線一般地傾斜，你罵幹，兇
如浪。你催油，我的長髮甩了風一巴
掌、甩了天空也一巴掌，你不甩我，
因為你正機車，機車繞行我們的島。
你機車，消音器被你拿掉，這樣正好
聽不見你嘴巴一直在幹什麼，你咆哮，
粗魯，我在你後面看見你頸脖扯爆的
青筋。你用吃奶的力嘰哩呱啦，我只
聽到噪音、風聲和你清脆的幹。
聽說後來你換過很多機車，發動很多
社會事件，年輕時我坐你的機車，記
得你的後腦杓，禿了一塊「鬼剃頭」，
形狀像極了我們的島。

婚

夜，有時小於半顆安眠藥，有時大
於理想；夜，句型了你們以為可以
共同晨昏的語言；夜裡長腳蚊蚋已
安頓，從站著閱讀，到星光翻身。
晨，你們以早鳥的嗓音推動馬路，
你們以車聲跑來鼯鼠；鴛鴦草對
話，一下陰一下晴。
別耽擱了呀，別耽擱了白貓黑貓穿
過那叢紫蘿蘭去參加你們，一捧花
又一捧花的「我愛你」，「我愛你」
的回聲不是「我也愛你」，而是「我
願意」。

靠
醉
平
衡

雨絲垂釣炎涼，溼透的鴿子一陣潛降、一陣飛
躍，類似寫字這行業。

新的一年，保持醉的感覺，以詩；人與人之間，
靠醉平衡。

散步在公園，黃色林中兩條岔路，如今少有人
跡的那一條擠滿詩人。

我想，明天清晨兩條岔路被踐踏的情況是一樣
的。

掛　念　　　所有的字，都給夜燈睡了，剩下對你苦思。
　　　　　　早晨，一個人被旭日升起。又過了一年的
　　　　　　人，又跟門檻借一步說話：生命有時太肥、
　　　　　　有時太醉，跨不過去──。一個人偷偷又問
　　　　　　花，花搖頭笑笑，笑得蝶蝶蜂蜂。虎年，好
　　　　　　心的一陣春風調虎離山，為了你不被咬傷。
　　　　　　總覺得你的幸福，是我一個人的習俗。

宵待草

藍夜，三味線的手指飛如紅雀，飛過港屋，飛
過寂寥，進入信箋，就靜了。萌黃和服的女子，
膝頭睡著夜來香，手腕時計如大象笨笨踏著，
生命緩慢但有進步。她的愛情被絹扇半遮，她
不屬於誰的，她屬於渴望的。

圓桌上一枚大月亮，圓滾滾，摸起來並
不光滑，有血有肉，也有鄉愁，聽說
四十五億年前誕生自天體一個巨大的甜
甜圈。

圓桌上能吃的，就這一枚大月亮，大家
共吃。切下各自喜歡的部位：臉頰、肩
頸、胛心、背脊、腰內、腹脅……炙烤、
汆燙或煎熬都隨意，若生食會有月暈的
感覺。一顆心臟在月中噗噗跳，泛紅光。
儘管他的光是跟太陽借來的，大家吃一
口就少一點光。漸漸吃飽，漸漸月亮減
少，直到消失。

這時，每個人的肚子卻開始發光，照亮
圍爐的圓桌。大家在飽嗝中爭執或炫耀
是誰先捕獲月亮，有人說是從大海撈的、
從山巔射的、從夢裡獵的、從窗口布陷
阱的，眾口紛紜。因為月光發酵的緣故，
大家愈說愈醉，調笑地互踢地球。

每當思念，大家就必須圍爐，擠出肚裡
的光，讓一張大圓桌看起來像月亮。

雪 女 紀

巴士急凍，車燈照耀前方有美一人，雪髮、霧淞眼、高冷顴骨、冰晶耳墜、白花花的心。她是雪女。

雪女已遲暮，風韻猶存，她推開凍僵的車門，碎冰喋喋不休。

巴士外，頓時雪霽，晚霞橘灰紫青的魚尾、額紋和法令紋像不安的流寇。

光線白皙堅毅地探進車窗，車內的人與物都凍成冰體，包括時間。

雪女看到一對冰柱般的戀人提袋內有一隻小黑狗，黑亮眼珠清揚婉兮。

怪了，只有小黑狗會動，對她汪汪叫，她輕輕哼唱：邂逅相遇，適我願兮……「狗狗你就是傳說中不可控制的靈感嗎？我將鍛鍊你成為守護我城堡的神獸。」她漾著夢二式美人眼神、撫著小黑狗喃喃念咒，雪袖一揮，帶起巴士飛行於晚霞天邊，漸漸天空又飄起藥末般的雪。

美學考

風吹，風吹，瀏海如暖簾，一掀，
心欄間，素木器皿、藤編敷物、
坪庭意念……日常即伽藍？灑掃
烹調是我的禪？
步出土間，款款前行，晃呀晃，
天涯多遠？人不知何去何從，卻
忽焉過了半途。
繞過晚秋，落葉諮商，雜草高於
盛年。摘一朵小時光，拐向通往
茶室的石徑，過橋，橋與川流是
老朋友，若橋亡，水聲即回憶。
今日陰翳，忌遠行，宜發亮。

若沖畫卷

蔬果大遊行，裸著牽著可愛的菜蟲、奔放的果蠅、
風姿楚楚的病葉，壓陣的是一隻任俠翩翩的鳳蝶，
隊伍散淡，凡走上國土又化為土的，皆可成佛。
京都錦市場的蔬果批發商，打開江戶，面朝現代，
迎來活活潑潑的這一隊蔬果。
批發商微笑著，以彩繪為蔬果布局：橙，蕨菜，
蕪菁，玉米，荔枝，紅毛丹，小黃瓜，南瓜，瓠瓜，
苦瓜，西瓜……像微塵眾，它們因緣聚合地圍繞
橫躺如臥佛的大蘿蔔，不為什麼的在慶祝什麼。
隨後批發商兀自走到戶外，在寫實與奇幻之間觀
察他養的雞。他的筆法是心法，細趣，如隱居。

一與零

所有成長中的湖型，俯瞰不一定是零，側看都是水平的一，一是有餘，一是被排擠到質數之外孤獨的魚。所有微小淡漠的漣漪，都有湖光。所有山色暗影背後，都有心的住處。全部的日子，零不富庶，也不是單數。

晨賴你

早晨，處理掉悲劇。剩下雨，以
及雨隙。眼睛跳著兩隻黃鸝，在
手機。手機中的對話只是柴犬和
黑狗追來吠去，丟一顆哀求、丟
一根肋骨讓牠們從湖畔叼回。雨
中之樹正慢慢修復自己，所以生
產了氧和翠綠。一個人傻傻的平
均開心，優於我們太清醒。

啊，遠看薄雲刷過的山稜線，像成熟的米倉涼子。

·

請你把烏托邦遷離我心，心太小不夠住太多城府。

·

你是你上一個人生的指定繼承人硬著頭皮承接下來的一筆生意。

·

菊與刀熱烈爭論，在冬日；一單獨的白，靜看幕府走動。

·

水滴好像對我說一串日語，聲調蔥青蒜白，它說：「水的餘裕也只能是水。」

·

此刻是天堂的尖峰時段，菩薩只是不方便走動，不是病了。

冷空氣蒞至，月亮混進天上的魚鱗雲，
我以母親慣使的左撇子刨，刨出靜夜思，
不小心一片魚鱗雲彈進右瞳仁，從此以
後只要我以右眼讀《詩三百》，都是海。

念之深

記憶遙遙遠遠像一個深愛的人消失，遠眺一眼就成刀痕，比地平線一劃還深；我也會於留白的孤寂之處一個人在心口落款，就只是落款沒有其他意思，像活著。再蓋一枚閒印於肋骨，血紅，無字，淚滴形。

心之境

在心中布置我一個人的正式場
合，極空曠。秋樹填滿了茜色與
帝王黃，土地一臉徒勞。某些晚
唐的花朵像今日正在脫離，枝幹
有禪宗的樣子。雲這麼大塊，跟
生命中的小事一樣飄浮在那裡。

去 找 龍 貓

我揹著一袋剛剛熟成的橡果，去到一九八八（閏
年，秋，氣象淑和）。臺灣有不少橡果，我選些
不同的品種，也把幾個橡實挖空做成笛子或小陀
螺，一併放進袋子，我知道龍貓喜歡。

我在站牌處搭上虎斑貓巴士，穿過農村、田野、
樹叢，來到樹洞。還是老樣子，灰色胖龍貓在睡，
一藍一白兩隻小龍貓剛玩回來，見到我就傻笑。

我說，我寫了些短歌、雜歌和輓歌，「你們可以
用橡實笛子吹出旋律嗎？」小龍貓卻逕自吹起久
石讓的音樂。

回來以後，發現一對粉青蝴蝶跟著到我的世界，
每天翩翩引我在城市裡四處找尋，找尋一處可以
讓壓抑的我釋放龍貓吼的樹洞。

浮世繪

前方有山，山被夢疼過，如今開
朗否？
前方有隱於山的白馬，走過四十二
章經，章節有金庸的武林傳言、
有佛言，岩石誦念，為陌生的人、
為親愛的人。
前方有水和水鳥，動靜，都是心；
極樂的生活，水打聽。
前方蒼天是一場視訊：有雲，瘦
得像一種感情；有樹，修行得像
古天竺。對話彷彿若有光，互動
有風。
一對飛眸，看向前方，也許好遺
憾，遺憾也許好！浮世百態，不
如一抹葛飾北齋。

下午

散步時：葉影為何統治人的心思一個下午？風為何翻到雅各書第一頁？土地為何鼓動小滿的蟬？野貓為何懶於扎根？鳥為何反對沉重？——我一邊想，一邊步向熟悉的路線，零零落落的我的身體，因為散步而慢慢癒合。

我那古老的青春啊，忽然跑來陪我一起散步。我們散步時：在麵包店遇見紀德，他的皮膚曬成小麥色。在咖啡館廊下長椅遇見上帝，聊上幾句，祂過得不如意，我順手送祂五個剛出爐的餅。在超商前遇見尼采，他買了氣泡飲料。三隻銀蠹魚，從我的麻布環保袋探出頭大口呼吸。路過土生土長的美術社，第三代老闆正裱好一幅筆力遒勁的墓誌銘。

我和我的青春散步，一邊打招呼，一邊造物，使用了一個下午的虛無。

天 色 變 奏

天色是我的莫札特，
彈光陰，一路變奏。
一路變奏，種種創作，
皆是尋找自己的儀式。
種種自己，每一種，
可能比顏彩更多，
可能比輕煙更瘦。

在路上，一部分舊事外露，像形容詞讓新詩軟弱。
在路上遇見一隻貓，牠瞅我，眸子真有力，像孩
童踢來罐子。牠歪頭給一個乜笑，笑得很玫瑰，
帶刺。牠背後的草葉振振有詞，如長輩。
路上奇怪的樹，被一隻貓守護，直到我來，來到
斜向天涯的路上。
風是為了放蕩，霧是為了瀰漫，人是為了簡單。
一路上，花開花落——四個字，就夠我和貓討論一
輩子。

塗鴉筆記

最忙的時刻，
將孤獨排進行程吧！

不再執著言語，而忘記了唇。
不再偏愛淚水，而忽視眼睛。

唇和眼睛最了解：「孤獨是
進化最慢的，卻是美化最快的。」

不忙的時刻，
追過的影劇衰老得如此迅速。

反手關上仲夏，
以免蟬聲透支。

不慌不忙地
塗鴉，混進男人也混進女人——

讓他們跳舞，發光，
直到心涼，鳥駕著輕煙出場。

且行且走光

且行且走光，或橘綠橙黃，
或豐饒金，秋意雜然賦流形。
曙日像一隻狼，追獵紅梅、
桃與柿色，背影焦茶，沾蜜柑，
似乎孤單，愈行愈晚。
愈行愈晚，時間的嚎聲紺藍，
腳蹤灰青，神情含著櫻色糖，
晚鐘露點，且行且走光，
一天暗淡。

野 渡　　小日子猛轉彎，一片風景拉傷，
　　　　　皮下浮現絢麗的夕陽；
　　　　　太亮了，容易看出有罪。

　　　　　有些疼痛
　　　　　很遠，很遠地追隨雲朵緩緩移動。

　　　　　一個念頭，有多長呢？
　　　　　大約是天涯。
　　　　　多寬呢？比晚霞多了一色階。

　　　　　起風時，我將燈火寫進暗處，
　　　　　搖晃得不成人形。

　　　　　我在時間的金額
　　　　　開墾更多零，鑿出更多虛空。

　　　　　我開花，我凋零，
　　　　　是任何季節都管不住的。

新人間 378

奔 蜂 志

作　　者　李進文
主　　編　王育涵
特約企劃　張傑凱
封面設計　謝捲子＠誠美作
內頁設計　謝捲子＠誠美作
總 編 輯　胡金倫
董 事 長　趙政岷
出 版 者　時報文化出版企業股份有限公司
108019 臺北市和平西路三段 240 號 7 樓
發行專線｜02-2306-6842
讀者服務專線｜0800-231-705｜02-2304-7103
讀者服務傳真｜02-2302-7844
郵　　撥　1934-4724 時報文化出版公司
信　　箱　10899 臺北華江橋郵政第 99 信箱
時報悅讀網 www.readingtimes.com.tw
人文科學線臉書 http://www.facebook.com/humanities.science
法律顧問 理律法律事務所｜陳長文律師、李念祖律師
印　　刷　勁達印刷有限公司
初版一刷　2023 年 3 月 24 日
定　　價　新臺幣 450 元
版權所有 翻印必究（缺頁或破損的書，請寄回更換）
ISBN 978-626-353-605-0｜Printed in Taiwan
本書榮獲國藝會創作補助　NCAF 國｜藝｜會

時報文化出版公司成立於一九七五年，並於一九九九年股票上櫃公開發行，於二○○八年脫離中時集團非屬旺中，以「尊重智慧與創意的文化事業」為信念。

奔蜂志／李進文著 .-- 初版 . -- 臺北市：時報文化出版企業股份有限公司，2023.03｜
320 面；12.8 × 18.8 公分 .（新人間；378）
ISBN 978-626-353-605-0（平裝）｜863.51｜112002978